U0925912

为了人与书的相遇

皇帝的影子有多長

杨念群 著

广西师范大学出版社
·桂林·

图书在版编目(CIP)数据

皇帝的影子有多长 / 杨念群著 .
— 桂林 : 广西师范大学出版社 ,2016.6
ISBN 978-7-5495-7684-5

Ⅰ . ①皇… Ⅱ . ①杨… Ⅲ . ①随笔 – 作品集 – 中国 – 当代
Ⅳ . ① I267.1

中国版本图书馆 CIP 数据核字 (2015) 第 301770 号

广西师范大学出版社出版发行
桂林市中华路 22 号　邮政编码：541001
网址：www.bbtpress.com

出 版 人：张艺兵
全国新华书店经销
发行热线：010-64284815
山东泰安新华印务有限责任公司

开本：880mm × 1230mm　1/32
印张：8.25　字数：150 千字
2016 年 6 月第 1 版　2016 年 6 月第 1 次印刷
定价：35. 00 元

如发现印装质量问题，影响阅读，请与印刷厂联系调换。

自 序

儒算不算“教”，此事存疑。但很多读书人都有如来附体的念想，这是可以肯定的。释尊菩提树下打坐，一朝悟道，真佛现世，金光万丈，天花乱坠。某类儒者也喜在山洞中清修，冥想宇宙，目无凡尘，比如明代儒家大咖陈白沙和王阳明，一旦走出黑暗霎时间就能变成圣人，既能指天画地，又可拯救苍生，也自得万众景仰，风光无限。

然而这等盛况要看天时地利，或许不空前，但已绝后。粤人康有为在清末戏仿过一次，跑到西樵山仰望星空，想象灵魂飘然出窍，脱胎换骨化身成圣，但出得山来却不见有人夹道欢迎，找不到当教主的感觉。还得化圣成凡自己跑到京城去觐见光绪，帮少年天子共谱改革狂曲。做了帝王师虽让这场模仿秀勉强有了点技术含量，却终没挽回江河日下的国运，还让一干朋辈读书人流血五步，丢了性命。

这让人们看明白了，当圣人成本太高，真熬得住那份寂寞的人渐渐绝种。于是纷纷回到日常生活，不求虚空哲理和治国安邦，只求在一朵花里看到春天让自己的心学会如此安好，稳稳生活在常识里，低碳、安全，偶尔向往一下诗和远方，还另有一股恬淡高深的味道。

常识也分“新常识”和“旧常识”，两边经常打架。“新常识”认为，道路虽曲折，前途却光明，世界会变得越来越好。“旧常识”却说，这个世界会好吗？我看未必；孔子都要回到“黄金三代”，讲真，是古董值钱还是当季新款值钱？往回看才是硬道理。

近代以来，大多数清人还在“旧常识”里自嗨，觉得华夏是宇宙中心，对一个致命常识浑然不觉。那就是海上的生意人都兼职做海盗，船上架着大炮，专治各种不服。有一天，来了这样一批洋人，把新常识轰进紫禁城。清人一开始嘴硬，说咱们各活各的，谁也别碍着谁，结果发现这事没商量。大刀拼不过大炮，只好认栽。

“认栽”最直接的方式是，既然反抗不了，就闭上眼睛享受吧。何况从海外轰进国门的，也确实有很多好东西。包括典章制度，书本上的道理，也包括穿戴日用、生活习惯。打破陈规，是五四一时风气，国人身外的世界、脑子里的观念都日新月异，但当时的新人，无不扎根在旧土里，不会彻底失忆。随着几代人的凋零，旧的土壤流失殆尽，“新”的味道也就完全不对，让最崇新尚变的洋人都看傻了眼：这还是东方吗？说好的五千年文明呢？

现在，怀旧复古又成为时髦，或张冠李戴，或矫情病态。人们像是流水线上的机器人，面目没有个性特征，身体也没有血色温度，脑子里早被塞满各种程序芯片，都是由别人激活，自己浑浑噩噩不明所以还一直振振有词。

这本小书，大体讲的都是一些“反常识的历史观”。“反”是对应的意思，不是造反有理的反。食古不化和食洋不化，都会造成程序紊乱，因为后者更强势霸道，矫枉过度易给人遗老遗少之感。其实新旧常识本不是非此即彼的对立，也无法简单置换或评判出优劣，治史者重经验的记录和诠释，供知我者鉴之，如此足矣。

目 录

下 辑

附 录

上辑

阶级、流品与品度

上个世纪八十年代以前，中国史家总是习惯戴上阶级分析的眼镜把各色人群标签分类，谁一旦被扣上“剥削阶级”这顶帽子，就像惹上瘟疫，人人唯恐避之不及。实际上，“阶级”一词纯属西方舶来品，谈“阶级”首先得知道什么是“贵族”，才能按身份划分出个三六九等来。用这个标准看中国史，秦朝以前还讲“封建”，什么是“封建”？简单说，就是君王根据血缘的尊卑亲疏切割出一块块辖地，皇亲国戚在各自的封地里作威作福，说一不二。秦以后是流氓当道，连皇帝都丢了高贵的血统，一般人的血脉就更没什么正宗可言。艺术标准更是坏了章法，失了定力，在高低之间来回乱串，失去了贵族生活本来该有的味道。所以有人说了句极端话，认为秦以后根本没艺术可谈。

若换个标准，汉代以后还算是留着点贵族的尾巴，如魏晋时期仍讲“门阀”，做官选人都要看门第出身。血统品级虽早已不那么纯粹，没有了先秦那般严格的宗子继承关系，宗法谱系也丢散得几乎没影了，可场面上的事还得靠世家大族支撑门面。魏晋时期南北地理空间尽管裂成两截，二百年间相互对峙下来，双方人才的分布还是逃不出几个大姓的掌控，他们不但互相联姻，而且家教谨严，甚至在家里没事就操练朝章国典，门族个个正襟危坐，家中日日钟鼓礼乐，确是以后稀有的景致。所以从魏晋一朝历数下来，还是累积了一些对品味的甄别标准。

近世某些史家嗅到了这股残留的贵族气，钱穆先生就曾说过，西方有阶级无流品，中国有流品无阶级。“流品”往往表现得散漫无形，若隐若现，却是区分“雅”“俗”的标准，在日常生活中被活泼泼地用着，其中散发出的味道很难用西语刻画。如官和吏就分两途，给官员做跟班的吏胥被人瞧不起，教书人和衙门里办公文的师爷也有清浊之分，地位大不一样。在科举制度中同样有“清流”“浊流”之别，进士及第算是清流，秀才举人则沦为浊流，只能沉淀在底层。

最近重读邓子琴先生的《中国风俗史》，邓先生有一个近似的说法，他以“品度”“伦际”观察中国风俗之变。他的意思是，古人有自己一套品评人才事务的标准，每朝每代均不一样，没办法用现代词语准确描述。比如他概括南北朝的品度是“谐谑”“歌咏”“游陟”，北宋是“士气中心时代”，则有“宽厚”“沉静”“淡泊”“好学”之风，明代士人被说成“刚劲”“强毅”“刻苦”，清代流行“雍容”“细密”“推延”“条理”的风气，这些描述都是从古书中归纳凝练出来，非常符合当时人的生存状态。

如果细细按照品度赏鉴各朝人物，倒是像一幅形态各异的风俗百图。比如东汉的异议人士被形容成“匹夫抗愤，处士横议”，这些士子“激扬名声，相互题拂，品核公卿，裁量执政”，彼此借力推广声誉，如果一旦看不惯对方，动不动就绝交。天下名士，在他们的眼里统统被归类划等，用笔墨状摹其神态。如有“三君”（一世所宗）、“八俊”（人之英）、“八顾”（德行引人），“八及”（导人追宗）、“八厨”（以财救人）种种复杂名目，这种对人品性的归类我们现在已经很难辨别其中的确切含义，只能揣测大概的意思，无外是说这些人的精神气质多么秀出于林，夺人眼球。

所谓“品度”应与君王的胸襟气象有关。东汉士林中还有“儒学”“文章”“推士”“纠违”“阴阳”“弘道”种种说辞，不过被子琴先生评为“谨严有余，恢廓不足，制行有余，风采无闻”，大致与学术一尊、国不两才的风气有关。汉武帝雄才大略，开疆拓土，自然需要笼络各类人才。汉光武帝抄袭先祖的管理手段，但人才的多样化建设就显得弱了许多，只是大致绵延上代的路子。一般来说，事业型人物少，道德型人物就多，东汉风气淳厚，竟还有“让官”的事情发生，有人拼命想推掉皇帝加封的官爵，让给自己兄弟。现在看来这行为有点犯傻，令人不解。还有一个故事说兄弟俩被饿疯了的劫盗掳获，匪徒正准备把他们煮了喂饱肚子，不料两人争着恳求匪徒说，吃掉我吧，放过我的兄弟，真是呆得可爱，匪徒更可爱，虽然饿得两眼发晕，还是觉得这兄弟俩太过仗义，干脆把两人全给放了。

到了东汉末年，风气又有变化，影响到了对人物品度的评价。

例如曹操用人只重“才”不重“德”，他说只要你有才，即使像汉初宰相陈平那样“盗嫂受金”，干出与嫂嫂通奸和疯狂敛财的不义勾当也没关系，那些“或不仁不孝而有治国用兵之术”的人，都要荐举出来，不要有所遗漏。

随后的士人流品中有清谈之风，他们矜夸门阀，这与东汉士子好发议论批评时政的“清议”有所不同。这批门阀弟子，《庄子》中称为“膏粱之子”，相当于今天的“富二代”加“官二代”，无衣食之忧，才能放肆地胡乱说话。

魏晋士人的品度标准是要精读《老》《庄》《易》，蔑视儒家礼法，甚至对手也受了感染，好像不通晓老庄之学就根本上不了争论的台面。再有一个习惯就是重养生，大家一起吃一种药叫“寒食散”，味道和效果怎么样我们不得而知。这帮闲人对音律乐器如琵琶等极为精通熟稔，终日喝酒饮茶，放浪形骸，自有另一种风度韵味。有人形容王衍在众人中，如“珠玉在乱石间”。在姿势上，魏晋人身坐胡床，手执一种叫麈尾的道具，娓娓纵横辩论。有一次激辩正酣，热好了四次饭都顾不上吃，散伙后常常麈尾乱扔了一地。

南朝君臣有时会相互嬉戏调侃，完全乱了礼法秩序，如南朝一位皇帝召人通宵达旦地下棋，累得筋疲力尽，还做起打油诗嘲讽说，这模样“状若丧家狗，又似悬风槌”。士人还有游历名山大川的嗜好。谢灵运经常穿着木屐登山，上山去掉前齿，下山去掉后齿，有一次游览找不到出路，就专门带着数百人伐山开道，惊动了当地太守，以为是山贼出来打劫。

南宋以后，品度有变，文人开始把“道德”和“风俗”挂在一起议论。苏轼就认为国家的存亡不在武力的强弱，而在道德的高低，不在于是富是贫，在于风俗的厚薄，一看就知道是保守派的想法，常被改革派讥讽为迂阔忠厚，老成迟钝。改革派领袖王安石和司马光有个小小的争论，司马光说他好用“真小人”，王安石回答说：要行新法，旧人往往不敢向前冲，只有那些有才力的人敢于担当，等新法实行后，我会把他们统统赶走，换上老成持重的旧人守护，不是很好吗？他的原话是：“智者行之，仁者守之。”司马光说这你就错了，君子潇洒不恋位，很难说动他们出来帮忙，让他们再让位自然不难，如果小人一旦得势，就不会轻易言退，如勒令劝退，必反目成仇。后来果然有出卖王安石的小人出现，让他后悔莫及。

我们现代人习惯用忠奸善恶的品度衡量人才等级，其实是过于强调黑白两分了。邓子琴品评南宋人物时说：“主战者急君父之难，主和者审利害之势，均不必以贤奸论。”意思是，主张打仗的人固然有血性之勇，极力讲和的人也许更能审时度势，对这两类人物，应各有判断的品度。求和者的理由是，应把精力用于“内治”，休养生息，保境安民，所以南宋主和者中也有不少君子，不可纯以褒贬善恶简单对待。当然假借和议，想借机谋利者也大有人在，按品度而言，就有“柔媚”“险诐”“模棱”“怯懦”的划分。“险诐”的评价源于一个故事，说一个叫胡纮的人拜谒朱熹，朱熹一般用米饭招待学生，胡纮作为客人也不例外。胡纮很不高兴，不相信山中居然搞不到一只鸡和一杯酒，觉得太受怠慢，于是离开后上书大骂朱熹是煽动伪学的头子。

到了明代，特别影响品度判断的是一种“乡谊观”。同乡按照行省划分是从明代开始的，各护乡情的情况随处可见，这就超出了一般的乡土情缘，颇有一点政治联谊的味道了。

明代士人还有一个毛病是好在某个问题上争得你死我活，这一点与南宋辩论是“和”是“战”的国策大局，气象颇有不同。明代争的是帝王立统的家事，如明末的所谓“三大案”，就是在反复争执哪家皇亲宗室应该继承皇位，纯属宫闱私事，结果闹得鸡飞狗跳，撕破脸皮，最后沦为党争，沾染上恶名，所以才有东林未必皆君子，反东林未必尽小人的说法。加上受阳明禅风影响，一时间士风激荡，讲学以诳诞放逐为美，似乎满街都是圣人。有传说颜山农在收徒时必先打人三拳，才收为弟子，可见放荡得有些无边了。

进入清代，君王以蛮夷身份继承明代大统，自然从心理上感到自卑，容易多疑猜忌，文人行为一旦放诞起来，常常激起满人联想，觉得汉人在重演南宋鄙视胡人的旧把戏，加之言路阻断，官僚苟且，品度的标准自然再起变化。清代多称赞某人谨厚、廉静、退让，认为是“大人”的品格。有人批评说，这种苟且不过是“乡曲之行”，哪里有什么大人的气象。“大人”的标准应该是在治理国家、维护社稷方面刚毅果决，为天下长久考虑，即使和皇帝闹翻散伙也在所不计，不会计较个人得失，投缘则留，不投缘则去。

事实却是，大多数官员左顾右盼，生怕乱发议论惹动众怒丢掉官位，不如貌显敦厚，静观不语，才能安坐无患，又可轻易博得廉退不争的美名。清朝被称为“贤人”的人物多属此类。有人感叹，当他们峨冠博带从容踱步于宫廷之内，真是仪态雍容万方，内心深不可测。故时人评价当时士风说：“无其才而冒其位，安其乐而避其患。”在此种风气之下，争论之风自然止息无闻。士人的品度是社会风气的一种风向标，由此可窥见清人的整体风貌。

晚清民国时期，西风已渐渐侵入国人肌体，功利思想流行无忌，越来越不受儒术枷锁的限制，品度自然又起变化。近人多把国人优胜劣汰思想的勃兴归于西方进化论的影响，实则中国先秦墨、法、纵横诸派都有肯定追求利益的言论，只不过不是中国文化的主流。功利思想被儒家“正其谊不谋其利，明其道不计其功”观念压抑得太苦，无法抬起头来。牟利之人必须装扮成儒家才有发言的机会。西方天演竞争理论的输入，明目张胆鼓吹逐利优先，恰可与古代功利观接榫，摆脱儒术束缚犹如打开潘多拉的盒子，放魔鬼横行于世，遂使文人“品度”风格大变。

晚清面对西方势力的反复蹂躏，无法从容应对，历代品度中的“清议”一项自然增添了新的内容。如道咸以来，清议渐渐成为抵抗西方污染的代名词，只要批评西人器技之学就容易获得“清名”赞誉，犹如古人“气节”附体，顿时激扬亢奋。甚至以是否反对洋务作为区分清流浊流的新标准，如吴汝纶就说过：“近来世议，以骂洋务为清流，以办洋务为浊流。”清流党阵营内的辜鸿铭不满李鸿章的理由是认为他只知有“政”，而不知有“教”，用人完全出于行政能力的考量，但论功利，不论气节，但论材能，不论人品。看上去和过去讨论品度的词语很像，只是内容更显新潮罢了。

关于“死节”的闲话

讲明清鼎革之际士人的心态，离不开明末喧嚣奢靡与清初颓唐寂寥风气的对比。如读张岱的《琅嬛文集》，不可不读他给自己戏撰的《自为墓志铭》，其中说到极爱明末的繁华，连续用了十二个好字。“好”是自我欣赏的意思，标示出的沉迷范围包括精舍、美婢、娈童、鲜衣、美食、骏马、华灯、烟火、梨园、古董、花鸟，自称“茶淫橘虐，书蠹诗魔”，这是晚明熟透了的文人笔法，笔底流淌的是质感强烈的温软细腻，如挂在枝上的熟桃，眼见着是落地糜烂前的雅致。

最能显现张岱风雅随性一面的轶事，出自他去探访在山东任职的父亲途中。当年帆船途经镇江金山寺，时值中秋即临，满月当空，泛江银色，张岱兴致忽起，掉转船头飞抵金山寺，登岸后快步奔入大雄宝殿。睡眼惺忪的和尚为器乐的喧闹惊醒，纷纷跑到殿中看个究竟，只见张岱端坐前厅，正在品赏随从上演的戏剧，三三两两挤满后堂的和尚无人敢问这大闹佛堂的公子是何来历，直到灯影阑珊天光破晓，才见这群疯子收拾道具打点行装解缆扬帆而去。面对岸边疑惑不定面面相觑的众和尚，江面上断续飘过张岱一声声的开怀大笑。

甲申明亡之后，张岱眼里的景观顿时换成了颓败的颜色，笔端透出了以下潦倒的文字："破床碎几，折鼎病琴，与残书数帙，缺砚一方而已，布衣蔬食，常至断炊。"又或称"劳碌半生，皆成梦幻"，张岱的一生由此让"繁华"与"梦魇"交替转移的情境打成了两橛。

甲申以后，满人染指大明江山，张岱等沦为遗民，在遗民眼中，满人形如无道的禽兽，铁蹄践踏之地，江山处处破损。汉族士人感时忧愤，诗文往往会以南宋遭金人和蒙古人侵扰的情景自况。一个最著名的隐喻就是"残山剩水"。"残山剩水"语出南宋遗民，喻示蒙古人南下污染了宋代的大好河山。晚明遗民中也多有借此意境抒怀对江山变色的焦虑心情。"借宋喻明"一时蔚为风气。如清初大儒黄宗羲就有诗云："剩水残山字句饶，剡源仁近共推敲，砚中斑驳遗民泪，井底千年恨未销。"诗中借助宋朝遗民郑思肖遗书在井中再现的故事，以喻对明亡的哀思。全祖望更是在褒扬崇祯十七年进士之事迹时，赋予残山剩水以守节的庄重含义，说："皆困守残山剩水之节，以终其身。"

张岱在辗转煎熬于明亡的惨痛记忆中时，对"残山剩水"另有一番独到的解释。在《越山五佚记·曹山》这篇小品中，张岱以曹山的命运为喻，昭显士人的不屈气节。他笔下的曹山是采石后留下的一口巨坑，形状犹如废墟。采石人从未把它当作山水景致加以欣赏，但在屡遭采挖之后，曹山的垒石却能厚薄相间错落有致，自成一种特殊风景，俨然楼台亭榭俱备。后人漫游此地，竟会发出感叹说：“谁云鬼刻神镂，竟是残山剩水。”张岱对此有一段评论，他说：“吾想山为人所残，残其所不得不残，而残复为山，水为人所剩，剩其所不得不剩，而剩还为水。山水倔强，仍不失其故我。”这是拟人的说法，借此昭示遗民坚守志节屡挫不改的初衷。又说：“则世有受摧残之苦，不如杀之，则世之摧残者，犹知我者也。”这段自虐式的表白把凿石人比作蔑视江南价值的满人，致使其废弃无用，曹山恰可类比从绝境中获取新生的士人身躯。

如何看待“死节”和“操守”，明末鼎革期有许多议论，特别是有关“死节”的定义，更令时人惊悚焦虑，陷于不安。如崇祯帝吊死一事激起的巨大波澜给士人心理的震撼是难以形容的，是随先帝殉死还是苟活在异族淫威之下，几乎成了无解的难题。要做到“纯忠”“粹儒”，标准往往严苛到无法企及。评鉴犹如界定金子品质，达到淋漓足色、纯无杂质的地步，真是何其难也。如赵园所说，忠臣历尽磨难，才配称足色，这评价竟是一种隐蔽的施虐，一旦被认为气节有亏，纵使终于杀身，甚至迫令妻妾同死，也仍然不能免于被猜忌的命运，可见评鉴忠义标准的不情与残酷。

甚至天气变化都会影响对生死的选择心境，赵园注意到了甲申崇祯帝吊死煤山之后“天气阴惨，日色无光”，城破时“阴雨蔽天，飞雪满城”，到处是肃杀之气。诸如“凄”“苦”“愁惨”“惨杀”等笔述也都为记忆涂上感觉的颜色。颜色的变幻当然与心情有关，皇帝吊死在自家门口历朝未有，高挂树上的龙体投下的心理阴影太重，笼罩在那些苟活下来的大臣士子心中，让他们总找不出再活下去的理由。好像不随先帝殉死是个终身难以洗刷的污点，于是掀起了一股自杀竞赛的狂潮。当时的情形是，活下来的人反而感到心理压力过大，于是出现寻死技巧花样翻新的场面，如溺死、吊死、战死或绝食而死，自戕成了时髦的行为艺术。以至于到了清末民初，总有人感叹时过境迁，竟无几人为清帝退位殉死，难以和明末的死亡竞赛相比。唯一的例外是梁济和王国维的自杀，勉强为大清的“忠节”添上了一抹亮色。有趣的是，王国维自杀后陈寅恪挽联中有一句：“十七年家国久魂消，犹余剩水残山，留与累臣供一死。”其中也出现了“残山剩水”的字眼，显见是把王国维比拟成了明末的遗民。

其实，不死之臣背负的道德压力比死节之士要沉重得多，故清初遗民有“死易生难”的说法。史料中披露，明末著名遗民方以智在北京城破之后曾经想过投井自尽，恰逢有人前往井中担水而不果，失去了一次殉死明志的机会。又有传闻说方以智虽受李自成军追索财物，貌似被动，实则向贼示好，虽未接受伪职，却仍属于苟活下来的不死余孽，至少态度摇摆不明，忠心不够明朗坚定，只能被归入“刑戮诸臣”。在死守“节义观”的人看来，受刑即受辱，没有追随先帝上演自杀的苦情戏，无疑是身心受了玷污，未死而遭刑戮，与失节没什么分别。

崇祯帝死后，南京弘光政权刚一建立，对于冒死突围跑出京城的“逃官”就已详加甄别，后者身上大都染上了变节的可疑污点，无论这些早已灰头土脸狼狈之极的逃官是否曾与贼人合作，都算失了政治贞节，自然被打入另册。因为临难不死，臣节已亏，在龙体尸骨未寒的帝都全身而逃，必遭怀疑。官不可逃，如若陷敌，唯有拼却一死报君恩。这也是比着崇祯帝上吊影子丈量出的节义身段，丝毫大意不得。

这又提醒我们，在崇祯帝以己身殉大明的巨大感召力下，即使是忠臣，死也要死得是时候，要死得及时，如寻死不得，或恰巧觅死不当出了差错，都有被清出节义册的危险，在注重清誉的士人看来简直是生不如死。史料中曾记载，说明朝官员施邦耀城破后无法回家，入一民宅上吊寻死，居民怕受连累，慌忙把他解下，他心有不甘，跑到另一家民宅再次上吊，又被解了下来，就这样屡次寻死不成，只好无奈仰天慨叹，忠臣不易做呀！

方以智后来入山当了和尚，与江南文人举止浮夸、衣着鲜丽的生活恰好构成两极，可视为心理遭受重创的表现。冒死南逃，却被看成不忠无节之人，内心的创痛是无法与人言说的，只能自己吞咽下去。

有人比较元朝与明朝的待士之道，认为元朝虽为异族统治，很难信任士人，也不以其为贵，但困折凌辱之下却也不求全责备，明代士人似乎易于被接纳晋用，但明代皇帝在表面的尊崇之下，利用驾驭之心过重，很易对士人无端苛求。明亡后对死节的严酷甄别即为一例。

忠义的履行往往与苦难和坚忍相伴随，但今人的忠义观却只承认表面结果的光鲜耀眼，而忽略践履过程中浸透着的艰辛与泪水，只认可死亡效命是忠义的最完美体现，根本排斥其他忠义行为的价值。结果寻死不成者往往会落得个失节苟活的骂名，一辈子遭人唾弃难得翻身，却从不被问及是何原因才残留于世。

对忠臣死义的苛责仍如幽灵般在现代世界游荡，如对战争期间战俘是否忠于祖国的甄别，似乎早已从战俘这个污点身份中被仓促认定，在人格上直接打入另册。这也可从抗美援朝战争中志愿军战俘的命运略窥一二。据史料记载，志愿军战俘多是在拼死力战体能衰竭或冻饿交加失去体力的情况下被俘的，少有自觉放弃抵抗直接投降者。归国后这些战俘几乎都因失节表现遭受过歧视，有的人命运凄惨，困病潦倒。对战俘的态度实际上延续着晚明对忠义标准的病态苛求。

相反的例子是，西方士兵往往在遭遇无法挽救的困境，再行抵抗也徒劳无益的情况下，会采取审时度势的态度，交出武器以保全生命，人们并不认为这是可耻的行为。战俘一旦有机会安然回家，还会被当作英雄凯旋般受到尊敬，这凸显出中西方对忠义和人性理解的差异。

如前所说，毫不顾及人体身心对苦难承受的限度，不分青红皂白地对轻易付出生命的“死节”姿态表示迷恋，就如狞笑着围观玩赏犯人的死亡，无异于是一种残虐的看客态度，这些人常常会打着旌表忠义的美妙旗号，却干着戕害生命权利的勾当。

清流与浊流

“清流”的说法来自于古代的“清议”，“清议”既是庙堂之上也是乡里民间的议论，用来作为评判某人品质的标准。早在西汉，官员要晋升必须通过荐举程序，那些在位的官员对入选的新人戳戳点点，想方设法在他们身上挑点毛病，乡间市井的议论也是把挑人的尺子，比在身上量来量去，如觉不符，自动出局。有的人一遭清议，耻辱难当，在亲友间抬不起头来，顾炎武就有过“一玷清议，终身不齿”的恐惧。什么叫“舆论杀人”？看来自古就有。

持乡议的人也许是些在读的学生，他们可以自下而上地批评官府，搅动政局，越界之后这些议论被痛加剿杀，如东汉有党锢之祸，就是因为学生讨论时政被官府镇压，可见持清议的人多是当时的知识分子。这些知识人一旦当了官，反过来同样会被舆论监控，也可能转变成清议的对象，如果气节有亏，难免沦为浊流。这说明清流、浊流可以相互变来变去，但清浊的分与不分、如何分、按什么标准分始终是个争议不休的话题。

按理来说，在清流的眼里，应该是清者自清，浊者自浊，不宜混淆，但帝王眼里的清浊，标准却可以随意搞乱，常常混搭参用，故意模糊两者的界线，据说这样做容易达到政治平衡的效果。帝王驭人之术，心机太重似乎理所当然，如果换成一些文人也跟着起哄，问题就严重了，严重到丧失评判善恶的标准。比如对明末东林党人的态度就是一例，东林党人苛论时政，臧否人物，对这帮疯子舆论本来就有褒有贬。即使是自居清流之人，面对明朝将亡的残局，也不免抱怨东林党人中不乏小人，只会奢谈高论，没有筹敌制寇之策。可是在崇祯皇帝看来，攻击东林党的这拨人也就是胡乱嚷嚷满嘴牢骚，对朝廷的法纪政事没什么实质性的帮助，和东林党没啥不同。这个观点后来被一些无聊文人附和，添油加醋地夸大成明朝灭亡的主因，特别是心理原因。令人意外的是，这个说法竟然被清廷利用，清朝皇帝就反复提醒：你看，明代灭亡都是这帮文人平时袖手空谈给闹的。

对于此种和帝王沆瀣一气的狗屁士论，黄宗羲挺身而出正色辩驳，矛头直指自杀不久的崇祯皇帝，他说崇祯并非不知道东林党人是君子，只是有个别小人也会混杂其中，因此从整体上看队伍不纯，于是就起疑心，不加信任。他早已知晓攻击东林的人多是小人，只是因为他们可制衡东林的士气，所以才故意把两拨人混搭使用，结果是君子舍他而去，独独留下小人，这才是崇祯失国的主因。从世俗眼光看，如此非议吊死殉国的先皇相当冷血，也不近人情。

黄宗羲断言，君子与小人势不两立，为私家利益不问是非，通过调和善恶的办法大玩平衡政治，结果只能是一个“恶”字了得。“东林”不是个别的例子，因为“凡一议之正，一人之不随流俗者无不谓之东林”。意思是说，“东林”应该变成一个象征，一个应坚守的标准和尺度。而在帝王的思维中“今必欲无党，是禁古今不为君子而后可也”。搞得一团和气的后果是大家一拥而上争做小人，君子反而没人当了。因为当君子不但捞不到好处，成本也太高。黄宗羲所坚守的，就是贯穿千古而不灭的清流精神，拼死也要和浊流划清界限。只可惜，这股精神早已澌灭无存，在我们这个社会里，上上下下弥漫着的正是争当小人的浊流气象，鼓励的是油滑、世故、苟且和贪嗔，最终是清浊不分，恶人横行。

清流的警示作用还在于尽量使帝王心思偏于“王道”思维。在古代的政治格局中，“王道”与“霸道”之间历来就存在紧张，两者相比，取“霸道”之途相对容易一些，是个捷径。践行王道需君主官员时刻涵养身心，对民生体恤有加，他们会感觉活得太累，过得很不耐烦！所以帝王总是首选霸道，或者是“霸王道杂之”，混搅起来乱用一气。不过在清流看来，君王的统治术中霸道总是比重过高，甚至把使用王道当作滥施人情。

近读彭小瑜先生文章，他谈到蒋介石夺取权力不择手段，打的旗号都是维护党派利益，赤裸裸的功利只要化身为道貌岸然的信念，就可充当一种任行杀戮的理由，这类思维非常可怕，是对人性的一种毒化，因为中国政治文化中缺乏宽恕的精神。他举欧阳修的《纵囚论》为例进行一番讨论。当年唐太宗让一批犯人回家省亲，规定返回后就死。当犯人按约定返回时，唐太宗就全部赦免了他们。对唐太宗的纵囚行为，欧阳修批评说，只有君子才有资格用信义对待，对待小人则应该恰恰相反，必须划分三六九等分别施以刑恩。在欧阳修看来，这些囚徒都是邪恶小人，骨子里就是罪犯。他们一定是揣摩到如果按时回来就会得到赦免，所以愿意用性命做一次赌博，一旦赦免他们岂不是正中了贼人的诡计，对带着侥幸心理的罪犯必须杀无赦，不能抱有恻隐之心。如此缺乏宽恕精神的盘算，一旦扩散成常态的思维，肯定会引发无休无止的暴力相斫。如果遇到帝王不冷静，身边冒出几个书生在他耳边唠叨几句似乎很有必要，这就是清议的力量，在以上的例子中，欧阳修不但没扮演清议的角色，反而起到了相反的作用。

当然，历史上清流也不总是那般纯净，也可能蜕化成浊流。钱穆先生的眼光很毒，他看到明清以后出现了一股浊流压制清流的转向，那就是文书胥吏横行官场，把文字的流转程序统统给档案化了，变成一种套路和技术，文官言行如果受到胥吏束缚，就会产生依赖感。胥吏政治一旦转化成文书政治，对文字的刻意琢磨就会达到变态的程度，严重时可以让官场丧失效率，变成一种极为低劣的冗政。师爷上下欺瞒，四处勾结，压抑士人无法按自己的想法办事。现当今的文牍主义与繁琐哲学大概就是由此演变而来。

古代科举也有清浊之分，科举选官是一种身份分配制度，负责把不同层次的知识精英尽量均匀地撒布在社会的各个层面，好处是一眼望去清浊分明。进士及第才是清流，秀才举人沉在下面成了浊流，虽在身份上似乎超升无望，却未必不能通过乡党议论获得舆论上的公正评价。

比较有意思的是，近世士大夫中操办洋务的人往往会被清流啐骂，沦为浊流。因为在沉浸旧学太久的书生眼里，放弃祖宗之法，去向洋人的奇技淫巧屈膝献媚犹如士林败类。如坊间就哄传洋务名流马建忠投奔东洋改名某某一郎，为日本人做间谍的故事。马建忠进洋务大员幕府，扮演的就是当年师爷的角色，这职业在清流眼里本就低贱，再加上为洋人打工的把柄捏在人家手里，想不成浊流都难。湖南人郭嵩焘从公使位子退归乡里，被骂成汉奸，差点让乡亲的唾沫星子给淹死。清流党摇身变成维护世道尊严、拒绝西人污染的正义化身，可在洋务派眼中，中国遭千古变局，自诩清流者抱残守缺，冥顽不化。在外交家曾纪泽看来，玩清议的人都是一些死守秦汉旧制，只会发高头讲章议论的老朽腐儒。由此可见，当年畏惧清议和台谏的心理也在悄悄发生变化。

清流批洋务派的理由是，西人也是“夷”，越和“夷”妥协讲和他就越欺负你，但清流也明显感到，空说那套老掉牙的道理打不过西人的长枪大炮，所以他们平时起劲骂洋务大员是浊流，一旦遭遇实际的民生技术问题，未必真有多少底气。面对清流的咄咄逼人，身背浊流之名的洋务派也未必都那么自惭形秽。他们见多识广，知道光凭文人那张嘴皮子根本对抗不了新知识对国人身心的直接刺激。

清浊之分的标准往往随时运流转。记得上个世纪八十年代，国人在精神上极度营养不良，一夕接触西学，无论精粗美丑，一律生吞活剥塞入肠胃，不及消化。这帮文艺青年在过去的清流眼中，就是地道的假洋鬼子附体，绝对是浊流妖鬼再生，必须设法驱除。可在人人自虐亦虐人的年代，这批精神饿鬼引领的是一股时代潮流，这时候如果你不识时务戴着清流面具出来对他们指指点点，不被痛扁一顿那才叫怪呢。如当时有复活国学的提法，但在一片现代化的“浊流”叫嚣声中，国学面目真如“国渣”，凡谈所谓国学者，充其量是挨揍疼得不行发出的一种无奈呻吟，当不得真的。

当代“清流”言论真正得势还是在上个世纪九十年代以后，现代化特别是城市化的推进，使城乡差距进一步拉大，再明快的刀锋如此这般一路斩杀过去也有卷刃的时候，需要旧文人出来激浊扬清，清洗刀口上的污血。清流逆反言辞照样决不中听，仍如当年的倔强，他们认为寻求国家富强是赤裸裸地与民争利，有失王道的敦厚。这里面搅动起的又是“国富民穷”的老话题。当年洋务新政初起时，就是以国家整体富强为目标，没有多少人愿意在民生问题的细节上多动脑子，那些抗议国家一夜暴富、捍卫传统道德、诉求让利于民的清议言辞，完全为富国自强的高调所淹没。一个例子是铁路大兴与民争利，造成依赖水陆运输谋生的民众大批失业，当今房地产商四处圈地，就如当年情景的再现。这时忽见几个当代清流小子跳出来大骂贪官当道，也真如当年一样，是道异样的好看风景。

南人与北人

这是个老话题，上个世纪三十年代北京和上海文人之间曾经发生过一次对骂，称之为“京派”与“海派”之争，这段公案最初仅限于讨论作家的写作风格，后来延伸到对京沪两地文人行为和气质的评价。论争的发难者沈从文在《论“海派”》一文中概括海派的特征是“名士才情”与“商业竞卖”相结合，并用尖刻的语气大损海派是一帮新斯文人，说他们如名士相聚一堂，吟诗论文，冒充风雅，或远谈希腊罗马，或近谈文士女人，行为与扶乩猜诗谜者相差一间。又说他们从官方拿到了点钱，整天吃吃喝喝，办什么文艺会，招纳弟子，哄骗读者，思想浅薄可笑，伎俩下流难言。曹聚仁比较京、海两派则说：“京派不妨说是古典的，海派不妨说是浪漫的；京派如大家闺秀，海派则如摩登女郎。”（曹聚仁：《京派与海派》）

又有一个评价是：“海派有江湖气、流氓气、娼妓气；京派则有遗老气、绅士气、古物商人气。”（姚雪垠：《京派与魔道》）矛头直指京派领袖周作人。周作人则直接回应“上海气”是“买办流氓与妓女的文化，压根儿没有一点理性与风格”。当然还是大先生的话一锤定音，说是“要而言之，不过‘京派’是官的帮闲，‘海派’则是商的帮忙而已”（鲁迅:《“京派”与“海派”》)。不过，这些议论都把自己圈在了北京、上海两个城市里比较，实际上，京派海派之争背后所隐匿着的南北文化差异才是更有意思的话题。

南人和北人相互看不起不知始于何时，我们可以大致推测宋代就有重南轻北的习惯。宋人是出了名的尚文轻武，自宋太祖杯酒释兵权，夺了军人带兵的念想后，文人领军成了时髦风尚，连皇帝都纷纷把自己装扮成高级文化人。至今你不得不惊讶于宋徽宗那笔瘦金体的书法造诣和他的艺术品鉴力，但崇尚柔美华丽的艺术需要付出代价，与此相对应，宋朝军人与北方蛮族交战就经常显得柔若无骨，不堪一击，听杨家将的故事，我们常常误以为北宋已经全靠寡妇在打仗。

有一位华裔美国史学家形容宋代的气质内敛封闭，面对北方金人的狰狞强霸，像个柔媚害羞的女子。仔细想，这“害羞论”还真不是没有一点道理，不但宋代文人气质儒雅，皇帝脾气也好得不行。传言某个北宋皇帝和某个丞相整日勾肩搭背，有说不完的知心话，这位丞相爷更大言不惭地说要和皇帝“共治天下”。有些皇帝姿态谦卑低下，常请一些没功名的布衣文人到宫中做客，在殿上听其娓娓清谈，搞得一些文人得意忘形地说要“格君心”，做皇帝的思想辅导员。只不过当时文人再得势，也无法遮掩宋军一败再败的现状，一种奇怪的心理补偿论才逐渐流行起来。这种怪论把辽金人想象成没有文化品味的种族，只会在马背上打仗撒野，一旦遭遇大宋的文明气象，外表虽硬充好汉，心理却矮了三分。这论调故意严格划分汉族和北方民族的界限，两相比较，贵贱分明，似乎只有这样才能显示汉人血统的纯粹高贵。

比较一下唐代的情形就知道，唐太宗李世民自小混迹于胡人堆中，从没有故意划清自己和胡人的界线，后人颇为怀疑他是否属于正经的汉人血统，正因太宗熟悉草原文化，才能娴熟地控驭北方族群。他手下的文人士子也不会拥堵在科举这根独木桥上，以传习儒术为唯一职业，娴熟弓马之术，照样前途似锦。可见，心理补偿论在大宋盛行，乃是在于宋人兵弱文豪，只有文人说了算，武人靠边站，虽然在军事较量上比拼蛮力是北强南弱，却禁不住南方文人主导着文明评判的话语权，帝国气质虽像个含羞的大姑娘，南人的文化优越感却丝毫不减。

“心理补偿论”特别容易在朝代更迭的过渡期频频发作，比如宋元之际和明清之际就是如此。由于宋代之后南北军事形势被彻底逆转，汉族王朝在对北方少数族群的征战中从没占到过什么便宜，江山一旦易主变色，南方文人彻底屈从在了北方蛮族手下讨生活，用文化优越的心理去补偿国土丧失之痛就变成了不得已的选择。清初残留下来的明朝遗民尤其不相信“命定论”。“命定论”是清初流行的一种说法，认为帝王多定都北方，所以凡能统一天下者都是自北而南，顺势而下，地气生成蔓延也是如此；相反，天下动乱的发生多是由南向北，因为南方地气柔弱，北方风气骠劲。清初皇帝如康熙就特别喜欢这种“地气论”，他说，金陵虽凭借长江天险，却地脉单薄，所以凡是建立在南方的政权总是逃不脱偏安的命运，成不了大事，他暗讽的当然是南宋和南明这类建立在江南的小朝廷。这与南方文人的想法显然南辕北辙。

雍正皇帝对南方北方彼此轻视的现象不以为然，他说江浙人认为山陕人愚蠢粗野，山陕人又嘲弄江浙人柔靡娇媚像妇人女子，这样无休无止地相互讥刺报复，对双方都没什么好处。他主张“山陕之人当佩服江浙之文，江浙之人当推重山陕之武”，才能文武并济，各效所长，这是一种帝王治天下的眼光，总希望“智者尽其谋，尊者竭其力，普天率土，一团和气”。

宋人心理补偿论引发的南人优越感一直延续至近代，突出的一个例子是革命党人还是利用宋人那一套说法来做助推革命的燃料。刘师培就用典型的宋人语言描述南北分立的历史态势，如说“金元宅夏，文藻黯然”，金元是异族统治的朝代，代表北方势力，自然压抑住了南方优雅的文明，这太像宋人的语气。又如以下这段：“及五胡构乱，元魏凭陵，虏马南来，胡氛暗天，河北关中沦为左衽，积时既久，民习于夷，而中原甲姓避乱南迁，冠带之民萃居江表，流风所被，文化日滋。”大意是说中原原来是文明的核心，让北方胡人污染后，文明人才纷纷南迁，造成南方文化远胜于北方的局面。

这种“南胜于北”的思维根深蒂固，即使表面上讥讽南人奢靡，处处小家子气，也远胜于北人的粗野不文。刘师培比较南北文人的差异说是：“大抵北人之文，猥琐铺叙以为平通，故朴而不文；南人之文，诘屈雕琢以为奇丽，故华而不实。”这种对北人的贬词好像带着些许醋意，对南人文辞雕饰的批评也似乎显得言不由衷。

革命党人想打出反满的旗帜，也是沿了宋人的思维一路走下来，否则革命似乎缺少合法性。比如朱谦之就强调广东地理位置特别重要，因为它是中国“科学”和“革命”的策源地。近代以前，人们总是把广东想象成未开化的南蛮之地，经朱谦之一点拨，广东不但摇身一变成为吸纳近代科学文明的重要入口，而且也是推翻北方蛮夷出身的清朝统治的发轫之地，真可谓是宋人自恋的近代极致版。

近代以来，为南人说话的人既然占据大多数，敢为北人说话者不是没有，但并不多见。也偶有例外，如二〇一二年正逢清帝逊位一百周年，还真寥寥出现过几声异辞的鸣响，与前一年的辛亥革命热唱了点反调。有人说，革命党单靠潜伏于南方草根的秘密会社闹起事来，有点像当年高调反清复明的天地会，要不是北人袁世凯逼使满人皇帝光荣退位，就靠这几个会党作乱掀不起什么大浪。袁氏虽心狠手辣，却在形式上承接了清帝禅让的大统。这番话一出炉，明摆着是想和南人抢夺首倡革命的风头，遭遇围攻当属意料之中，却毕竟为早已被后人念歪的“重南轻北论”制造出一点异样的动静。

尽管如此，对北人的歧视仍时时流露于近世文人的笔端，在南北之争中大体略占上风。如周作人序《陶庵梦忆》，就故意先挑明自己不是受民族革命思想的影响，好像特别对于明朝有什么情分，可下一句又紧接着说：“只是不相信清朝人——有那一条辫发拖在背后会有什么风雅，正如缠足的女人我不相信会是美人。”可知堂老人这回偏偏搞错了。因为清宫里的美人都是不缠足的，汉人中的那些雅士倒是总爱拿着女人的小脚把玩个不停，比如辜鸿铭。只是无意中知堂老人倒是为南人的蜕变说了句有见识的话。他说明朝人即使别无足取，他们的狂至少是值得佩服的，可绍兴的风水一变，南人几乎都做了师爷与钱店官，专以苛细精干见长，豪放的气象全没影子了。即使不当明朝的败家子，也做了乡下的土财主，没有了那种走遍天下找寻《水浒传》的气魄。水泊梁山恰是北方豪人的领地，知堂老人在这番南北之争中无意为北人加了一分。

即使在上个世纪三十年代，南北文人的写作风格也相互交融互渗。就如京派领军人物沈从文也是从湘西土匪窝子里爬出，浑身带着南蛮的粗鄙闯到京城，哪里有什么帝都遗老的气质，故一直自称是城里的“乡下人”。但文字又是那般水润，有南国的媚气。他会说写字如同造一座希腊小庙，“精致、结实、匀称，形体虽小而不纤巧，是我理想的建筑，这庙里供奉的是‘人性。’”（沈从文：《习作选集代序》）这种相当小资的语气中哪里还荡漾着湘匪的蛮横？也看不出和帝都绅士有什么瓜葛。

可见，南人和北人的区隔在近代已经被虚化了，虽然有宋人唠叨的阴影在，毕竟随着时代的进展渐渐抹平了心理的计算和纠葛。

野蛮人的生态观

生态、环保近年几乎变成了人们的口头禅，随着中国大地山河变色，雾霾弥漫，大家终于抑制不住纷纷怀起旧来，想象着当年古人居住的环境大概一律是青葱欲滴、幽雅惬意的吧。近读张钦楠先生的《中国古代建筑师》一书，张先生说到蒙古人建立的元大都当年可是个标准的“生态城市”，这倒引起了我的好奇！心想这汉人眼里的“野人”王朝，皇都居然能摊上个这么时髦的称呼，总觉得有些不搭调，仔细一想，还未必不那么贴切。蒙人一贯逐水草而居，常年栖身帐篷之内，自然习惯青翠幽幽的环境，不思定居之乐。所以汉人从来不担心这些“夷狄”闯进来后会赖着不走，因为他们生性粗鄙不文，在一个地方根本待不住，形同抢完了就走的浪荡贼寇。这也是当年大宋和辽金打仗，议和派总能赢得皇帝青睐的一个理由。议和派认定只要稍用点钱财贿赂这些野蛮人，就可确保平安，何必劳师远征去和他们硬拼死磕，好像他们天生就爱在草地上闲散地待着，对搬进城里没多大兴趣。

姑且用一种穿越的说法，把蒙人和后来的满人都叫作“生态主义者”，一点都不夸张。

元朝的两个都城元上都和元大都均有生态城市的模样。元上都在现今内蒙古锡林郭勒，城中留有大片空地，可搭架穹庐毡帐，祭祀场所更是隐在丘陵茂草之中，宫殿周围分布着大片草地和水池，还辟有大面积的猎场花园，草地上到处放养着兔子和鹿群。元朝君主每到夏天都要到上都居住游玩，故称为夏都。元大都在设计上与元上都有那么点近似，建城时不是死守汉人工匠奉为经典的《考工记》，而是在周边点染了大量的绿色地块，特别是宫城周边的水系密如蛛网，这环保生态理念一直延续下来，影响到清朝皇城的设计构想。清朝君主喜欢把处理政事的地方与休闲场所区分开来，紫禁城皇宫森严庄重，符合礼仪安排，郊外的御苑却要求舒适宜人，加入更多享乐休闲的元素。如西郊的“三山五园”和承德的避暑山庄，显然强调议政时不必过于庄严，可以融入一些幽雅闲适的情趣，城市的生态格调由此奠定。

清朝城市格局的多样性自然与帝王品味有关，乾隆爷六下江南，总是到处寻访园林胜景，凡看中者均令画工描摹绘本携回京城加以仿制，所以北京的“三山五园”中就出现了藏区的白塔和江南私家园林一体混搭并峙的画面。反过来，这出景象也常常被复制在江南水乡，如扬州瘦西湖畔也耸立着一尊白塔，当是乾隆南巡时灵机一动的作品。有人说这是皇帝品味征服江南的结果，但也可看出南北文化互渗的大趋势。曾看到一幅清宫画，乾隆爷身穿一袭汉服慵懒地倚在凉亭内，凝望着一队仕女鱼贯从桥上走过，有人解读说这是乾隆爷故意放下架子向汉族文人示好，表示自己也是汉人的一分子，也有学者从性别角度分析，说那些美女隐喻的是被征服的“中国”。

人文品味如何融入生态环境最容易从避暑山庄的规划中看出来，看避暑山庄的布局宛若是在阅读一张缩微版的中国地图。西北方是一带延绵起伏的山峦谷地，依山势建起的是藏区风格的外八庙，喻示着清朝对西藏新疆地区的控制，北部留出大片草地，仿佛昭示的是对蒙古广漠地区的统治，地图的下方是规制严整的宫殿区，乃皇家议政之所，完全是紫禁城的缩影，东部一带是湖泊区，里面一派水乡景色，隐喻的是皇权对江南的拥有。

城市中如何点缀绿色是生态化的核心指标之一，也是从元大都一直贯穿到清代北京城的布局基调。但生态环境的营造并非是到处机械地铺铺草坪，种种花木，而是应安排得参差错落，曲折有致，各展胜场，是公共与私密空间的各行其道，两不相害。记得舒国治在《门外汉的京都》一书中曾讲到避开旅游主线路，在京都各个角落随性游走，都可发现柴扉半掩、小桥流水那古意浓浓的景色，甚至有些路边小店的风貌都古朴到如《水浒传》好汉们打尖的村野客栈，这在号称古都的北京却早已绝迹多年。

我们对生态、环保的浅薄理解就是玩命种草植树，城市中到处千篇一律地覆盖着同一种草坪，修剪得整整齐齐，园内花木品种和种植密度也总是那么似曾相识，没有例外。如果把北京比作一个人，什么地方拼命种草就美其名曰“绿肺”，好像摆弄得到处绿草茵茵，就能让城市肌体无法得癌，健康长寿。有一次去山西著名的常家大院游览，院子前面倒是典型的山西砖墙院落风格，可到后院定睛一看，花园点染的满眼绿色恍然似曾相识。原来草坪的修剪和植物的种类几乎和北京各大公园难以区分，不由联想起北京植物园内虽遍布乾隆为攻打金川练兵搭设的碉楼，可碉楼下面仍如颐和园里复原的乾隆“耕织图”景区那般铺展得绿草萋萋，不由人不感叹全国园林规划一盘棋的妙处，这可是古代帝王都做不到的事情，我们居然做到了。由此可见，即使一个劲地拼命在北京城各个角落添加出无数的绿肺，也未必能使它摇身一变成为一个令人心仪的宜居城市。

这就涉及公共空间和私密场所在一个城市中如何配置的话题。当年明清园林点缀在南京、苏州、杭州这样的城市中，犹如今天绿肺的样态。不过园林要修出品味显然并不简单，所以著名的随园主人袁枚在造园时特别强调要“有我”，就是设计谋划一定要彰显出主人的个性，不可如现在装修全交给那些头脑单一的设计师，肆意把古典园林拨弄成千篇一律的假古董。要做到“有我”就要全身心地投入，袁枚说过一句话：“文士之一水一石，一亭一台，皆得之于好学深思之余。”当然这是需要有大量闲暇时间做保证的，袁枚就是故意购买了一座半荒芜的宅第，作为构造随园的基础。有人认为按他的财力，完全可以收购一个现成的豪华花园直接拎包入住，岂不省心省力。但在袁枚看来，只有在造园过程中融入自己的想法，才终获乐趣。古代建筑师中不乏兼有文人身份的例子，如北魏的王椿和冯亮都自造园林怡乐其中，他们亲力亲为，铺设林泉奇石，曲尽山水之妙，北宋的王禹偁在黄冈建有竹楼，苏舜钦则在苏州筑了沧浪亭，可见袁枚强调园林要表现自我的意图自古就有同调。

与之对比，如今大城市中不仅是茵茵草地如出一人之手，在此巨手的拨弄之下，那些富含传统意趣的园林难有存活的余地，即如一般建筑的内外装饰，也是这般粗糙丑陋，甚至本来风格卓异的巧思设计也被强行删除更改，直至面目全非方才作罢。在我居所附近，本有一家北京著名的连锁餐饮企业湘鄂情餐馆，据说最初效益颇好，这家餐馆处于半地下位置，特意邀请了一位日本建筑师设计内景。一入正门，步下几级台阶，只见一席水帘挂将下来，转过水帘，一眼望去，在粗犷裸露纵横交织的钢架管线下，随意散放着数张餐桌，据说这款设计体现的是一种后现代简约风格，令人印象深刻。可过几天再去，发现那给人以神秘纵深感的水帘消失了，黑白对比的质朴色调换成了极其艳俗的玫瑰色，开阔自如的场地被切割成一个个暧昧的封闭包间，整体风格像极了青楼妓院，人处其中恍如嫖客入席，感觉浑身好不自在。

一些颇具古典或近代建筑风格的校园也面临着同质化之觞。最美的校园往往集中着最有个性的建筑，如北大的办公楼和临湖轩，清华与中山大学的老礼堂，其周边的建筑搭配也是交互借景，相映成趣。如今的校园设计则杂乱无序，构思犹疑，没有统一制订出体现校园特色的规划方案。即如北大校园的东西布局就严重失衡，西部的赛克勒博物馆完全复制老燕大的品相，配以庭院小湖，与它南部的外文楼和办公楼趋于一体，保持了相对一致的典雅传统。可是东部地区却盲目照搬香港中文大学楼群样式，与西部的新图书馆大屋顶构造完全无法搭配，与北大的标志物水塔及未名湖景区也难以形成呼应关系，造成视觉上的严重割裂。即使当年一些校园模仿殖民建筑风格，无论是英式的还是日式的都无妨景观的独特效果。台湾大学的林荫大道和两边对称的旧式建筑，台中东海大学呈日式风格的建筑群以及教室之间交叉连接着的廻廊，在观感上显得颇为小巧精致，配上周围疏阔空地中高低错置的植被，多样景致相互借镜，很有一种微缩园林的韵味在里面。

如今的校园风格往往受制于校长们的不同欣赏趣味，又受所谓国际化导向的支配，校园建筑日益向西洋化的方向发展，而在所谓商业理念的主导下，据说现在校园规划的赞助人都有权干预某个建筑采取什么样的风格，比如我听说某大学的教学楼改造，就必须按照赞助人要求，把门厅部分一律装饰成美国西点军校的模样。

城市建筑不仅供人居住还应具有观赏功能，因此，除了皇家御苑外，文人修建的园林虽属私密空间，却并不排斥有格调的人物进入欣赏，袁枚的随园就没有围墙，无论高爵大士还是落第秀才，均一体接待。明清戏剧中徘徊园林巧逢艳遇的往往都是落魄书生，如《牡丹亭》里的柳梦梅和《西园记》中的张继华。园林乃是心意堆积凝练所成，一定应供心有灵犀的人去鉴赏把玩，戏曲中书生反复在园中流连观赏景色，才得遇佳人青睐，也说明须先有品鉴园林景致的雅兴，才有抱得美人归的际遇。据说在考试之年，特别是每逢秋日，随园的入园人数常达数万人之巨，为此每年都要更换两次门槛。今日的园林貌似开放，却早没了当年雅集的氛围，总闹得满园熙熙攘攘，摩肩接踵，人满为患。有一次在苏州园林中想寻些访古的情调，一进门就被卷入游客洪流，四处裹胁盲目游走，只能约略从攒动的人头中看到导游挥舞的小旗，指示着汹涌人群流动的方向，完全分不清自己是在拙政园还是在网师园。遥想当年入园时感受到的清幽静谧，真让人情何以堪！所以，打着让人民满意的旗号，把本属小众的私密空间不加甄别地盲目向大众开放，只能导致文化贫血，对传统的精致生活不啻为一场灾难。

“士绅”的溃灭

红色造反针对谁？

什么是造反的颜色，什么是革命的颜色，我想大多数人最直捷的回答肯定是红色，尽管红色在某些人的记忆中总与残忍恐怖的景象相连。

红色作为造反标记的历史由来已久，元末反蒙古义军称为“红巾军”，其中一支徐寿辉的队伍，直接就叫“红军”，以后造反的人群不断袭用红色作为旗帜和符号。广东一份县志记载，咸丰年间顺德兴起的红巾军头上戴着红布，身上裹着梨园演戏的服装，打起仗来活像一群戏子上台玩耍，与他们对峙的官军旗帜一律使用白色，被红巾军叫作“白兵”，这活像我们记忆中的“共军”和“国军”互骂对方是“赤匪”“白匪”。此时的咸丰皇帝正为南方各路叛贼蜂起闹得神经衰弱，一个官员又出来给皇上添堵，在奏折里说北方的捻匪也开始松开发辫，头裹红巾罩住短发起来造反，蓄发本是对大清净面剃发禁令的公然挑衅，一向是普通乱民变成真贼的征兆，这消息让咸丰帝更觉烦恼。

民初山东的缨枪会打出的也是“替天行道”的红旗。河南红枪会，顾名思义，枪头上少不了裹上红缨，更不用说共产党搞武装割据，队伍中充斥的红旗、红袖标、红领章，沿袭模仿的仍是过去造反的颜色，尽管此红非彼红。苏区的红旗上赫然绣着镰刀斧头，明显加染了赤色苏俄的痕迹，怪不得总被国民政府当作赤匪加以侦办，甚至死于五卅运动的工人英雄顾正洪，在后来的历史记载里也被悄悄改成了“顾正红”，仿佛不如此更改就不足以昭示出其赤色革命党人身份。我所关切的是，这遍地汹涌的红色到底和小民造反的对象有什么关系？因为无论什么样的谋反叛逆，裹着红头巾的激进百姓都不可能直接攻上朝廷，夺了皇帝的宝座，他们只能寻找周围熟悉的目标权当打击对象。他们抗税抗劳役抗摊派，大多清算的是身边的富户，富户一般又是拥有功名的士绅。

在中国过去的年代，“士绅”通常是指那些有教养的人，他们经过科举制的筛选，有层序地分布在城市和乡村，由于士绅在乡间地位特殊，自然一直就是百姓闹事的首选标靶。既然造反的旗帜和服饰通常都是红色，那么由此推论，士绅的消失肯定与这种颜色的泛滥成势脱不了干系。士绅又是官与民沟通的中介，地位既敏感又尴尬，虽可以两边说话，却又须担载风险，搞得好两边皆大欢喜，搞不好两头都要得罪。当他站在民的立场也许会为百姓说上几句好话，如果只从官的角度设想，可能就会充当皇权插入民间的管道，仗势官府欺压良民。有时民间造反和镇压叛逆统统都由士绅挑头，如太平军首领洪秀全是个落第秀才，湘军之父曾国藩是赋闲在家的侍郎，虽然两人地位悬殊，但到了乡里一层却都是领衔处置地方事务的能人。无论造反还是剿逆，双方比拼不只靠军事实力，还要看各自苦心标榜出的欲望蓝图在多大程度上能打动百姓的心，让他们拼死跟随。

曾国藩搞团练围堵太平军，不是一个纯粹的军事行动，湘军打仗是有道德感做支撑的。道德感靠两个来源激发形成，一是保土保境的家乡观念，二是宗族凝聚的儒家思想。所以他用兵只选朴拙可靠的山野村夫，不用城市油滑之人，曾国藩就凭借这两条道德律令支撑起了大清的半壁江山。这两条律令比起太平军斩尽“清妖”，奔向“天国”的伪基督教指令不一定更挑逗煽情，却保证能够持久。画饼充饥伪造一个天国幻象有点像吞符念咒，药效发挥是有一定时间限制的，耗久了一定露馅。裴宜理曾记载红枪会会员吞吃符咒犹如打上一针兴奋剂，因为符咒用朱砂写在黄裱纸条上（仍与红色有关），这些纸条内含硝石成分，朱砂是一种传统的神经镇静剂，硝石有兴奋剂的功效，两药混合服用很容易产生刀枪不入的幻觉，一旦打起仗来就会不怕死地玩命向前冲杀，妄想着见谁灭谁，疯癫状态可持续两小时左右，足以应付一场小规模的战斗。与此相反，曾国藩的动员手法从不靠装神弄鬼，他反复强调，血缘、亲情、家族等乡土链条的凝聚胶固是击败任何对手的至尊法宝。这想法貌似老套，唤醒的却是沉淀百年的历史记忆。晚清一些读书人特别强调乡土意识的重要性，就是在湘军扫荡太平军之后才慢慢感悟出来的。民初文人动不动就爱把地方自治挂在嘴边，和曾国藩当年对乡土家族根源的追溯与维系多少有着某种关联。

所以，曾国藩和洪秀全互斗起来都是杀人如麻，比赛着看谁比谁残忍，骨子里不过是在兜售一种迷幻心灵的药方，最后比拼的还是谁的精神力量支撑的药力更持久。药性的灌输渠道又全靠哪个首领真能敬宗收族垄断一方，说到底还是士绅在背后用实力说话。罗威廉描述湖北麻城近七个世纪的暴力根源，就发现越是到了近代时刻，无论是圩寨里的匪帮，还是自组的团练，都要依赖谁能更高效地掠夺和控制生存资源，因此各派都纷纷依托强大的宗族势力。至于族众是匪是民，常因身份转换过快，是真是假无从辨析。清朝初年曾严禁士绅与异端秘密会社来往，终究还是挡不住他们与匪类的合流，乡间民众自保与叛逆的边界就这样变得模糊难辨。

士绅：乡村暴力的减震器

士绅在乡村能够托大是因为他既是造反萌动的滋生点又是暴力蔓延的减震器。从长远观察，他对暴力的减震作用当然要大于催生的效果。士绅真正对民间发生影响应该是在宋代以后。人们多有一个误解，以为自汉武帝以来帝王就对儒家言听计从，这分明是被“独尊儒术”的虚伪许诺给蒙骗了。都说儒家满口仁义道德，却不知在相当长一段时间里，“道德”到底是个什么玩意谁也说不清楚，也没人恪守儒家书呆子般的教条，否则就无法解释汉代以后为什么会紧跟着出现魏晋的肉欲横流和隋唐的胡汉杂糅。在这里，从裸奔嗑药到胡服骑射，所有在后世儒家眼里大逆不道的举动都属正常。那时多教混杂，儒家讲群体仁义，佛家就讲自体隐秘清修，还有道家吃喝玩乐的人生观在叫板，三者交替竞争，谁也说服不了谁。儒家提供的人生价值期许反而还略显单薄，没什么吸引力，这也就难怪宋代以前的帝王从未真把儒家道貌岸然的说辞当回事。唐代的韩愈写了篇《道统说》，硬说儒家的线索从孟子以后就断掉了，到他这里才算接上，这是在骂儒家那么多年真是没用，尽管骂得痛快，韩愈这套讲法还是没人理会，到头来只能是自说自话，道统之争反而间接透露出儒家数千年都没怎么风光过的窘态。

儒家不受待见，是因为帝王总是相信单单依靠暴力统治就足够了，儒家那套虚无缥缈的道德说辞虽然优雅动听却不那么实用，没什么可操作性，在孔孟时代就未见真效。秦朝用酷吏操弄严刑峻法，暴力管制不断升级，倒一时显得立竿见影效率奇高，却因过犹不及，终于酿成官逼民反的惨剧。暴力用到极致，小民没有退路，才轮到儒家这个扮红脸的角色粉墨登台救救场面。陈胜在大泽乡暴雨中说，反也是死，不反也是死，还是反了吧。如果权衡下来造反的成本不见得比忍耐的成本高，选择造反的几率就会相应增大。

从制度经济学的角度看，暴力实施力度的大小应该与空间的伸缩有关，空间拓展得越快越远，管理成本的投入就会相应增加。秦朝疆域一直延伸到了海南，占据的地盘过大，暴力控制的成本自然很高。试想，如果每个村庄都住着几个酷吏直接管辖，那要付出多少人力物力才能搞定。如果不顾人力透支强行贯彻，最后只有崩盘了事。汉初用黄老之学休养生息就是考虑到了秦朝治理成本过高，只不过清心寡欲无所作为只能算是一种过渡举措。汉武帝表面尊崇儒术，也是觉得秦朝用刑太酷，失掉了人心。汉宫内倒是设有博士之位，据传有学生终日苦读暴死烛下，好像治专门之学活活累死书生犹如旌表劳模，实在是书呆子傻气乱冒，只可当作笑话谈资，与治国安邦的大计毫不相干。可见彼时儒学实属门庭冷落的技艺，完全找不到如何与老百姓亲近的路子。汉唐盛世大致还是靠兵威立国，治理秩序中混合着各种互不相干的怪异思想，远不是后人想象的“儒教国家”那般纯净整肃。直到宋代帝王出面定调，后世仿佛才慢慢找到一系节约统治成本的思路，儒家文士从此趾高气扬，开始大显身手。

有一个现象前人早已注意到，自宋至清，尽管人口密度不断增加，土地开垦范围不断扩大，特别是清代实现疆域大一统后，人口一下子跃增至三亿，官僚人数却增长缓慢，基本维持在前代的水平，这说明一定有一股力量羁绊着王朝暴力直接向下延伸的步伐。这股力量就是民间宗族的崛起，他们承担着扶济族众、化解纠纷和教化子弟的责任，使得小民不至于为官吏所欺，遇事动辄层层上诉，投告无门。他们把原归官吏处理的部分职责揽纳过去，大大节省了行政治理的成本，延缓了官方严刑峻法对乡村的渗透范围和程度。

宗族在民间如何产生是个复杂的话题，宋代以前只有世家大族，也就是所谓门阀世族的势力很大，老百姓并无自组宗族的权限，因为宗族要聚居成势，必须依靠祭祀祖先，修纂谱牒，以达敬宗收族的目的。宋朝之初仍然只有高官贵族才有资格祭祀祖先，修庙设仪，与普通百姓没什么关系。直到朱熹作《家礼》，刻意简化礼仪程序，放松了民间祭祖资格的限制，允许百姓公开祭祀，民间宗族才有机会扩大繁衍人口，一旦扩张开来，就可自定家法规则。宗族首领多由经过科举考试选拔的地方士绅担任，他们把原先需要官府行政机构处理的事务收归民间自主解决，这在皇帝看来是何乐不为的好事。

宋代兵力孱弱，文气弥漫，重文轻武之风特盛，却仍不失为一个清平动人的美好年代。民间宗族在乡村扩张延伸，减小了官家出面办事的概率，承担起了暴力减压阀的作用。尽管后人常常批评宗族戕伐人性，软刀子杀人，如私设公堂、伪道德泛滥（割股疗亲、寡妇殉节等等），却无人否认绕开面目狰狞贪得无厌的吏胥，乡民也可获得律法秩序的关照，这场面给皇朝统治戴上了一副和善（不乏伪善）的面具。当然，上峰办事也不是对宗族乡民听之任之，放手让他们乱搞，保甲制的设计就是柔性管辖的一种补充，人群被限制在一个个规划妥当的空间里，彼此瞪眼盯梢，行动相互牵制。保甲制到底是否有效至今众说纷纭，没有定论。唯一可以确定的是，即使皇上要借保甲限定乡民的人身自由，也要融合宗族的软性管控。即以清帝雍正的办法为例，雍正设保甲时一直挺纠结，从道理上讲，他不得不依靠地方宗族和士绅，却又害怕他们坐拥保甲实位，尾大不掉，对抗王权。所以他总在琢磨着如何将士绅纳入编户之中，目的就是有意不让他们当上领导，卸去称霸一方的隐患。可到头来，这一石二鸟之计仍遭落空，保甲系统的控制还是纷纷落入士绅手中，削弱了衙门吏胥的支配权。由此得到的回报是，公共安全体系慢慢平稳嫁接到了地方财富和血缘脉络之中，和乡土防御机构融合到了一起。帝王对地方管控的效果依然明显。

士绅身份糜烂的后果

宗族、士绅在和平与动乱年代会分别扮演不同的角色，他可能是个单纯的读书人，也可能是个宗族族长或团练领袖，或许还是书院山长和私塾教师。如逢乱世，士绅中也不乏摇身一变，拉起一路杆子造反的草莽英雄。正常情况下，士绅要扮演什么样的角色是由科举制随机调剂的，普通的读书人一旦中举，就会被分配到不同层级，各安其位地成为中央和地方联系的中介。大清新政废了科举，士绅就没了这中间协调人员的独特身份，一概转化成新式学堂里的理工男或军校出身的混世魔王。清朝的崩毁催生出了各式各样的军阀帮派，大概与众多青年投身军校有关。学堂区别于科举教育，里面缺乏系统的道德规训课程，理工政法军事学堂的终极目标只负责训练专门的行政人员。帝制崩解后，皇帝作为联系政治社会文化的象征符号作用消失了，理工政法男们不用再装模作样地效忠传统道德秩序，人心失去约束，活络异常，极易变成首鼠两端的伪君子，或者干脆沦为靠武力到处趁火打劫的现代强人，暴力的魔盒就此打开了。

士绅身份的变质糜烂深深影响了地方治理技术的走向，前已提及，保甲制的编订虽然属于对乡村实施强力控制的手段，却还是被迫揉进了不少道德的考虑，比如定期宣讲乡规民约，至少让百姓觉得不只是对身心的强制束缚，还有人情脉脉的慰抚。这分明是有文化的士绅动用自身影响力横向牵动的结果。后来蒋介石也想在形式上恢复十户设甲长、十甲设保长的旧建制，却完全用于征兵征税，最终服从于剿杀“共匪”的功利目标，基本没什么道德教化的考量在内。那些残留下来的富裕士绅对此职位毫无兴趣，地痞流氓一看机会来了纷纷抢班夺权，加速了基层权力品质的溃烂。罗威廉说湖北麻城的保长大多是文盲，连简单的账簿统计知识都没有，恐怕这个现象遍及全国，不只湖北一地而已。保甲一职改由恶人庸人充任，自然会蜕化成单纯压榨民间的暴力工具。蒋介石不是没有意识到地方机构中道德滑坡的弊端，曾经发起“新生活运动”力加挽救，只是此运动的范围多集中在几个大城市中，教育普及的目标在农村根本无法兑现。典型的例子是，湖北麻城一个叫余晋芳的士绅只能通过编修县志，怀旧式地记述乡贤中那些礼义廉耻和忠孝节烈的史迹，摆摆响应新生活运动的样子。

国民党在乡间恢复士绅秩序的失败，标志着科举崩溃后遗症的持续发酵。从清中叶起，经过太平军、捻党、红巾军、红枪会、各式军阀、国共党争等各派势力的反复裹胁冲击，士绅最终沦为人见人欺的弱势群体。共产党更是不惜以挖墙脚的手段予以毁灭性的打击。毛泽东当年就浪漫地宣告："农民在乡里造反，搅动了绅士们的美梦。"接着既有如下挖宗族墙脚的名言：正因为"宗法封建性的土豪劣绅、不法地主阶级，是几千年专制政治的基础，帝国主义、军阀、贪官污吏的墙脚"，所以"必须把一切绅权都打倒，把绅士打在地下，甚至用脚踏上"。

在《湖南农民运动考察报告》中，毛泽东列举出农民运动要举办的十四件大事，其中第七件就是推翻祠堂族长的族权和城隍土地菩萨的神权以至丈夫的男权。这与他年轻时想法很不一样，毛泽东念书时十分崇拜曾国藩，说过"独服曾文正"这样的话。曾氏作为湖南乡贤绅士，几乎靠一人之力阻击太平军北上，挽救了摇摇欲坠的大清江山，同为湖南人的毛泽东成为曾粉再正常不过。可多年以后，毛泽东在农村严厉打击的对象正是曾国藩这样的士绅大户。在毛泽东的眼中，曾国藩完全不是保境安民的道德偶像，而是虐杀民众的"曾剃头"，只配被打翻在地，再踏上一只脚。面对太平"邪教"，曾国藩坚守儒教立场的英雄形象瞬间泯灭消失。

"五四"青年的转向与启蒙思想的崩解

中国的共产主义运动到底在哪些方面区别于传统的农民战争，是个争议不休的话题。有一点基本共识是，如何成功地操作出一套道德说辞是赢得革命胜利的重要环节。共产革命在激烈程度上丝毫不逊色于以往的历次动荡，却似乎比任何一次造反都具有更加充分的正当性与合法性。其背后的秘密在于，毛泽东设法把原来萧条贫穷，让人唯恐避之不及的黑暗农村涂抹上了一层动人的玫瑰色调。在西化思想的长期熏陶下，那时的读书人早已慢慢习惯把乡村看作与现代城市无法相提并论的肮脏场所，必须彻底加以改造。

把农村生活诗意化浪漫化，在城市小资云集的场所是相当困难的，必须有一个机智的设计，方能达到釜底抽薪的目的。把士绅这类乡村里的关键人物妖魔化是颠覆习惯思维的关键步骤。在这一点上，毛泽东表面上倒是和那些大造传统之反的五四青年声气相应，五四愤青们一直嚷嚷着要掀翻孔家店，打倒孔夫子在乡村的代理人，打倒那些掌控家族命脉的士绅土豪，把个人从家庭的束缚中彻底解救出来。这场被称之为“新启蒙运动”的发起者，教育背景不是学堂宠儿就是海归牛人，这批“后科举时代”的新生牛犊，个个觉得舍我其谁，一路打打杀杀，哪里把科举出身的年迈耆老放在眼里，五四期间不断展开的“家庭”与“职业”选择势不两立的讨论，都与这帮五四青年欺师灭祖霸气外露的狂放风格不无关系。从表面上看，他们的攻击目标与乡村共产主义运动打倒土豪劣绅的革命主张是相互呼应的，这就是为什么大批城市激进青年投奔延安，他们并非有人驱赶而是出于自愿，正说明乡村农民革命与城市左翼运动拥有共鸣的基础。

但是，表面的一致无法遮掩毛泽东与五四青年之间存在的巨大分歧。即使双方在清除乡村传统家族势力的观点上相互支持，在如何看待乡村和城市的地位方面也最终难以相互妥协，这几乎成了毛泽东发动整风最重要的理由。令人惊讶的是，在五四运动发生二十年后，毛泽东做出了一个重新评价，他认定五四运动为中国共产党储存了干部队伍，还说五四运动是青年寻找到马克思主义的一个起点，表面上这更像是个标准的官样党史说辞。一个背后的真相却是，毛泽东从根本上改变了大城市中流行的对五四启蒙的定义。大多数五四青年都认为农村是现代化城市的改造对象，这一点毫不奇怪。自古以来，城市和乡村似乎永远处于对峙的两极，最早的城镇一般是行政中枢、粮库储备和文化中心所在地，与之对立，广大乡村神秘、危险，充满不确定不安全的气氛。每当乡村出现叛乱，城镇为了自保往往都会采取坚壁清野的手段，甚至残忍地烧掉城市周围的房屋，把大批粮食运往城内储藏，以防留给城外的敌人。

共产党当年主要在乡村活动，在城里人的眼中很难与“土匪”切割开来，况且当年苏区“扩红”征调人力的资源有限，不得不大量吸收散落在乡村的游民，或者通过吸收被消灭的国民党整个军队编制的俘虏以充实兵员，甚至不惜与真正的土匪合作。在老百姓眼里，“匪”和“民”的身份是可以互换的。共产党最终还是和一般的匪患区分了开来，其秘诀何在？我认为，至少有一部分原因是共产党自觉地把城市和乡村的关系重新进行了设定，因为如果不彻底克服城乡二元对立的思维，共产党就难以摆脱传统“匪徒”的身份。贺照田说过，黄仁宇认为国民党改造了上层，共产党改造了底层，这种说法给人感觉国共两党好像有了默契分工，说好了一党管上层改革，另一党管下层改革，这种二元对立的思维太有问题，我很同意。国共两党思想差异的关键在于对士绅存留的态度，国民党想通过新老士绅的合作重建社会秩序，共产党则力求彻底消灭士绅，无论新旧，以便从底层翻转上来，实现乡村的再造。共产党理解的造反绝非重演一番农民对城市精英的仇视，而是恰恰把城市精英的视角整合进了乡村革命的进程之中，形成了“城市”“乡村”关系的全新解释。

乡村被涂上浪漫的玫瑰色是从毛泽东的这段话开始的，他语重心长地教导从国统区跑出来的青年：“同志们很多是从上海亭子间来的，从亭子间到革命根据地不但是经历了两种地区，而且是经历了两个历史时代……到了革命根据地，就是到了中国历史几千年来空前未有的人民大众当权的时代……过去的时代，已经一去不复返了。”革命根据地无疑已变成了广大乡村蓬勃复兴的隐喻，毛泽东在《五四运动》《青年运动的方向》中已经扭转了“五四”在城市青年头脑里原先具有的含义，给青年的价值和奋斗方向重新定了位。青年实现理想的唯一正确方向是与工农大众相结合，话外之音就是专指城市青年应该与农民联合摧毁盘踞农村的士绅阶层，清除背后支撑他们的封建主义遗毒。

通过整风运动，五四青年身上的小资意识与农民阶级的朴质观念被摆放在同一个平台上加以评鉴，随着整风运动的深入，两者的位置悄悄发生了倒转。五四青年的批判初衷是反孔和摆脱家族束缚，毛泽东深刻地把青年们的反传统狂想引向了士绅阶层这个具体目标。士绅在根据地话语系统里被彻底矮化为地主劣绅的丑陋形象，使得革命斗争的对象更加具体、鲜明和生动。当年五四青年有些虚化模糊的奋斗理想与农民斗地主的利益诉求通过这个渠道完全结合了起来。经过如此操作，“五四”反传统的启蒙观只是在打倒士绅这一点上被吸收进了整风的思路之中，其城市人的自尊和优越感却被当作垃圾坚决地摒弃掉了。五四青年对乡村的鄙视心理荡然无存，农村中对士绅阶层施加的各种暴力，由于打着摧毁地方封建主义的招牌，统统获得了极高的合法性。此时，由城市知识青年写出的讴歌农村暴力镇压士绅的作品层出不穷，也证明在西方思想支配下传播开来的城乡二元对立思维已经失灵，曾经作为乡村主体支柱的士绅阶层也随之宣告彻底覆灭。

“叶”的隐喻

在汉语中，“叶”姓刚好也是树叶的意思，“叶”盛夏攀附树枝，又随秋风飘落，正好对应着安庆叶家随世势转圜的无常图景，此“叶”虽非彼“叶”，此“叶”又似彼“叶”。家族是树干，个体是枝蔓，几代人在其中相互缠绕吸附，彼此呵护又相互磨损，叶家后人的回忆多是温情与苦虐并存，怀想与忌惮齐涌。

徽州素以巨族聚居著称于世，家族规模以大为美。据籍贯绩溪的胡适宣称，他家在太平军起事前有六千人之众，经战乱杀戮只剩一千二百人，消减了百分之八十以上，这个数字虽令人起疑，却可从中想象其家族规模之大。叶家也不例外，据叶笃庄先生的回忆，一八五三年，先祖叶坤厚在逃避太平军追杀途中，为确认四十人的大家庭各自无恙，踏雪四处奔波，花了数天时间才最终把大家全员收拢到一起。

明清以前，聚族而居基本上是贵族大户的事，世家大族的奢华气派完全与小民无关，因为宋代以前小民根本没有私自祭祖的权力，那是皇家贵族深宅大院关起门来的私家故事。明清以后允许小民在家里设堂开祭五代以上祖先，尤其是允许各家私订族谱，才出现百户千家香火缭绕的热闹情景。

敬宗收族的平民化与科举的普行有关，庶民能跻身高位，在宋代以前是小民不敢做的梦，只有打破贵族垄断官位的旧习，通过民间层层选拔，平民百姓才有机会进入上层。庶民子孙读书可依托族田做经济底盘，私塾书院如是宗族自家开设，也可为族亲入仕的梦想提供实实在在的支持。

聚族而居是有条件的，族人要有机会做官，才能发财。要做官，考科举是人人绕不过去的一道坎。入朝的官员从朝廷退下来后可以在家乡买房置地，继续做棵经济大树荫蔽家人，所以无论是当官还是做百姓，传统文人一辈子辗转漂移，奔走四方，脑子里的那个罗盘针还是一律指向自家的祖居地，后人错落有致地围绕祖地形成同心圆式的交际网络，如瓜蔓藤萝绵延伸展。

晚清科举被废，课业内容大变，升官渠道被堵，连锁反应是族田—书院—祠堂一系资助线索短路。科举和宗族就如一根藤上的两颗瓜，一瓜坠落，摇动另一颗也触地迸散。宗族碎化的直接后果是亲属之间渐渐失去牢固坚韧的家乡意识，那根终身指向祖居地的罗盘针在后人头脑中全部偏移失灵。近世革命与入侵、内乱、战争、杀戮如影随形，引发空前的人口播迁离散，如大树遇秋风，纷纷摇曳到落叶飘零。人们的生活预期已无法单一通向做官发财这一条路，科举崩解后的学堂教育，使得族人可以分身扮演军人、法官、职员等多重角色，离散的家人不但难以返回祖居地，也淡化了认祖归宗的愿望。

面对战乱革命，叶家开始奋力蹚出两条路线以图自救。先祖面临太平军的蹂躏，还试图坐拥家族资产兴办团练以图自保，勉强维系着祖居的状态，后人则完全不管不顾，开始了个体化的流亡生涯。

叶家的先祖凭科举做到道台和巡抚一级，恰恰遭逢太平军攻占安徽，他们信奉“寓兵于农”的古训，操习团练守护乡梓，觉得小民当兵是自家门内的事，“为国实为家”，所以才肯拼尽全力，不像那些吃官粮的迂腐大兵。十九世纪后半叶，叶家子弟在科举网络卵翼下，勉强延续宗族香火。科举崩塌，叶氏子弟开始彻底脱离宗族这棵大树，枝叶飘散，各奔东西。他们学习的专业和从事的职业也是五花八门，如有学气象学、农学、政治学、历史学的，还有说相声的。兴衰浮沉中已看不出仕途催生宗族荣耀的旧轨迹。

近世革命最重要的特征是对阶级身份的唤醒与强化，它成为政治利益再分配的强大动力。对于那些离家漂泊的人群，对家族的美好记忆逐渐转化为被压迫意识觉醒后产生的敌意，家族逐渐沦为诱发不平等人生的罪恶根源，记忆的倒转往往成为革命是否彻底的标识。传统的宗族制度虽也讲究等级秩序，却一般采取淡化处理的态度，并有效保障各级安排相对公平，使得每人的高下位置不至于显得过于悬殊，“不患寡而患不均”永远是不灭的古训。叶家到叶崇质这一代一直为人厚道，对仆人从来不发脾气，有些仆人是祖父时代留下的老人，却很少被辞退。即使已不能干活，也照样养起来，不但管饭，而且给工资，这与红色电影中刻毒残忍的地主恶霸形象相距很远。

叶家世代为官却为人忠厚不是个别现象，这大概与科举制度无法许诺一旦得势就铁定高贵终身的特性有关。科举鼓励的是上下流动，官员和平民的身份可以随时互换，今天是官员，明天是百姓，极易淡化乡间邻里的阶级界限。从各种回忆中不难发现，仆人和主人全家和和气气亲密相处的例子比比皆是。科举被废后，文人流通渠道变了，向上游走的是公务员系列，横向发展可从军校学生蜕变成地方军阀，唯独辞官退休返乡归祖没什么好处可捞，因为没有了当年士绅的待遇，自然缺少为家乡服务的动力，这是近代农村日益空心化的主要原因。

“五四”是给家族体系送终的最关键时刻。孔子被认为是中国家族最可耻的辩护者，“打倒孔家店”的口号与丑化宗族秩序不过是一个意思两种表达。白话小说里的家族形象宛如黑社会再现，巴金的《家》更是把标准的近世家族故事渲染成了惊悚片。家长高老太爷的阴郁刻板，长房长孙大哥觉新的愚钝木讷，两位胞弟觉民、觉慧的激越叛逆构成强烈反差，喻示着家族内部阶级裂痕不断扩大。我们几乎可以在叶家找到一一对应的角色，只不过《家》深受五四口号的熏陶洗礼，人物形塑更加夸张和戏剧化，里面描绘的人际关系似乎一点不像叶家宽厚待人的风格，不过在革命的叙述框架里，东家的隐忍和慈悲永远会被看成是收买人心的险恶伎俩。

叶家的布局与《家》中描写的家族秩序差别不大，主人夫妇周围环绕着几个小妾和成群的儿女。二十世纪叶家的核心叶崇质的妻子因为没有子女，从妾的身边过继过来一个儿子做长子。长子叶笃仁由此具备了相当于正室所生的长兄地位，就餐时可以和大夫人同桌吃高级饭，其余子女均与他们的母亲同桌吃普通饭。叶笃庄先生回忆说，家里每天一共开几桌饭，除上房高级饭一桌和普通饭两桌外，还有书房、门房等各一桌。吃上房高级饭的有叶崇质、大夫人、祖母、大哥、三哥、四哥，吃上房一般饭的有二夫人、三夫人、叶笃庄本人和六弟、七弟、九弟、三姐、四姐，剩下的菜给女仆们吃。这种按嫡庶出身安排餐饮秩序的办法在传统家族中是很常见也是很合理的，没有人会公开提出异议。但是一旦家族被妖魔化成害人的对象，那些庶出子女中酝酿已久的压抑情绪就会释放出来，发出反抗的声音。

叶笃庄在做思想交代时，就强调自己的母亲只是一个小妾，只有大夫人才能穿大红裙子，二夫人、三夫人穿的裙子得有绣花以示区分，也不能和大夫人同桌吃饭。他痛恨母亲和兄弟姐妹受到不公平待遇，这促使他反对自己的阶级出身。可能你会觉得这样的思想自白太公式化，水分太多，到底哪些是真实的想法难以辨别清楚，也无法抹去政治威胁下言不由衷的压迫痕迹。不过从字里行间还是能感受到，家族秩序中呈现出的不平等至少可以作为宣泄不满的心理依据，尽管这种不平等是相对而言的，完全不必夸张成剑拔弩张势不两立的紧张态势。

家族身份的差异还会造成利益分配上的不均等，家族中长子对财富分配的控制往往会引起其他子女的猜忌和不满。有一次叶家子女要求查账，长子叶笃仁生气地把账本摔在桌子上，表达对弟妹们不信任自己的愤怒。后来叶家的分家表面上是按各个兄弟姊妹的人数平均分配财产，一人一份，基本做到了公平公正，但嫡庶子女间待遇不平等造成的阴影并未消除，反而成为年轻一代叛逆的心理根源。叶笃仁也属庶出，父亲死后在家里成了一家之主，又继承了父亲在天津商界的优越地位，对此兄弟们都不买账。尤其是当兄弟们的学历教养纷纷超过老大之后，老大貌似银行家的吝啬面孔就变得更加可憎了。

一般而言，率先出生的长子大都会被家族赋予重任，起着协调家庭事务和合理分配财富的职责，所以其性格的养成往往趋向保守谨慎，会刻意维护自己在家中的优势地位，他们有意培养社交能力和维系秩序的态度，借此赢得家长的信赖。相反，那些年幼一些的孩子因难以掌握家族实权，故喜欢以标新立异的反叛姿态在家中赢得一席之地。在时代乱局中，新型学校教育的力量越来越大于家族控制的力量，成为叛逆心理的滋生土壤，自然会形成与家中长子权势的对立关系。家中幼子常常倾向于“左翼”，叶家出现了两个共产党人，一个左翼分子和一个彻底背叛家庭出身在天桥说相声的演员，这也可以部分回答，在革命风暴中，为什么相当一部分共产党人出身于富裕家庭。按常理推测，这些人应该是家族利益的坚强守护者，事实上，家族内部的不平等状态造成的阶级差异，会不自觉地沉潜下来，最终积淀成幼子们的革命动机。

对家族内部不平等待遇的记忆有时会影响到成员们的人生态

度。叶笃庄在八路军129师服务时，旅长陈赓尊重知识人，和他一起吃小伙，八路军生活艰苦，平常吃小米饭、红萝卜，油很少。全旅只有陈赓一人吃“小伙”，就是吃大米不吃小米，大米从后方运去，菜品单调，同样吃红萝卜，但油放得多，里面有时还掺点蒜和香菜。叶笃庄感到了不平等的压力，坚决谢绝了这种特殊待遇，尽管在战争年代，这种特权是微不足道的，但也许唤醒了他当年在叶家分桌就餐时的记忆。

在漂泊的履历中，作为叶家幼子的叶笃庄心境是复杂的。他一方面出生在一个旧式的官僚和新兴资本家家庭，从小身上不乏一种优越感。他以美国间谍罪被捕后的审讯记录中就记载说他态度不够谦虚，傲慢，有清高思想，自认有“个人主义和自由主义”的过错。联想到他离开129师的原因竟然是有个军官偷看了他的日记，限制了他的自由，侵犯了他的隐私权，由此就可理解，他所说的所谓“个人主义和自由主义”完全出自家族优越感的本能反应。另一方面，这个本能反应也许造成他与民众感情的隔阂，乃至无法与他们交融成为一体。在前线，旧家庭中遗留下的阶级烙印会不时凸显出来。在广阳店火线上，叶笃庄总觉得要别人照顾感觉不好，在行军中自己好像失去了眼睛和耳朵，像一匹不负任何重物的骡子，被人牵着随处乱跑，令人伤心！在老红军面前变成累赘的心理迫使他终于离开了前线。

由此可知，一部中国近世史，也是一段家族撕裂的悲怆历史，同时也是“老人权威”崩解的历史。家族以祖先为核心搭设生活舞台，努力依靠旧秩序维系和谐平衡的时代已经结束。叶崇质作为家长虽已弃官从商，却始终保持着每天到老太太房中请安的习惯，到了叶笃庄辈不但个个奔走无常风流云散，礼仪的持守连形式都已消失殆尽，个体选择的多样性确是以摧毁庞大家族的延续为代价的，孰利孰弊真是一言难尽。

“东林余孽”与读书人的抱团政治

前年谈哪个朝代最郁闷这个话题，我说比较喜欢晚明，立刻引来网友一片骂声，就差给我扣上“东林余孽”这顶大帽子了。其实我喜欢晚明也是相对清朝而言，是有前提条件的。猜想起来，之所以引发某些“清遗”动了火气，大概误以为我是“明粉”一族，专门和他们较劲。有一次看锵锵三人行节目，只见王朔在破口大骂东林结党，先吃了一个惊吓，稍后才觉得朔爷这“知道分子”拿“知识分子”开涮太过正常，只是没想到这貌似特立独行的北京大爷最后还是中了清廷的毒，上了乾隆爷的当了。

我想提醒的是，各位别忘了，“东林余孽”实际上是清朝皇帝贴在明末读书人脑门上的一张污名化标签，专骂以东林书院为核心的一圈人不务正业，结党营私，空谈误国，以后这标签被人随手到处乱贴，几乎波及了所有晚明读书人，直指大明亡国就是你们这帮书呆子闹的，这为乾隆帝大兴文字狱找到了一个不错的借口。出人意料的是，这污水最早还是经过反清遗老泼在东林党人身上的，他们苦思大明亡国的原因，指责东林人没本事救世救民，满人来了束手无策，最终只有跟着崇祯皇帝上演群体自杀秀，徒留个好听的殉节名声。

东林“结党”的恶名也是明代遗民的发明，清初就有人说聚众讲学有拉帮结派谋取私利的嫌疑，即使你当初没有栽柳之心，最后也可能造成结党成荫之势。大儒顾亭林已经开始把东林的活动看作“党祸”，跺脚发誓不坐讲堂，不收门徒，生怕聚众讲学犯了议论国事的忌讳。没想到这反清英雄的一席话却由乾隆帝给接过去做了归纳总结。他说东林是“声势趋附，互相标榜，糅杂混淆”，才让小人钻了空子，导致明末开门揖盗，局面不堪收拾。整肃文人正愁找不到靶子，东林人就这样成了顺手牵过来的替罪羊。最后乾隆帝还不忘狠叮一句：“不能守祖业，徒以国亡殉节为有光，有是理乎？”意思分明是说，别以为几个书生搞了几出“自杀殉国”的行为艺术，就可以当忠义幌子一了百了，明显借用的是明代遗民的口气，遗民的想法经由满人皇帝复述一遍，震慑人心的效果自然大大翻倍。

大明如何灭亡，肯定原因多多，反清遗民和大清皇帝异口同声一嘴咬定东林不放松，硬说东林党人单单挑起了消灭大明的重任，这事怎么看怎么觉得荒唐，却是个不可不议的话题。把东林党人绑上耻辱柱很像是清朝皇帝耍的一个计策，这诡计一旦和遗民反清复明的谋逆观点合上了节拍，看起来就像不期而遇地为这场阴谋遮上了一把保护伞，变成了表面光鲜的“阳谋”。自从乾隆爷和顾亭林一起抬着屎盆子硬往东林党人的脑袋上扣下去，清初开始编织起来的文网好像有了冠冕堂皇越收越紧的理由，雍正更是写了《御制朋党论》封了书院禁了结社。从此以后，清代的读书人学会了循规蹈矩，做起了扎实的学问，但在性格气度上却越来越趋向低下猥琐。

我们不妨暂且把明亡是否就是东林人惹下的祸按下不表，单说到了清末，万马齐喑的光景似有松动的迹象。光绪帝周围聚拢了一批读书人，通过兴学会办报纸影响政局。一时间，光绪帝大有被改革派裹胁绑架的意思。危急关头，一个叫文悌的御史终于忍耐不住奋起弹劾，奏文中就有一段谨遵皇旨，破除结党恶习的沉痛告诫。大意是说，自己当年外出做官，蒙我皇召见，皇上命奴才谨慎当差，破除情面云云。这奴才居然肉麻地把这八个字刻成图章随身佩戴。在地方官任上，这老兄三年不与任何人通信，包括那些京中故交也避而不见。当官三十年，据说只与幼年一起念书的同学偶有来往，但从无结盟换帖的举动。这老兄还在祠堂里安放石碑，警告子孙减少交往，戒除聚众谋乱的嫌疑。

清朝御史作为纠察的言官，却胆小怕事怂成这样，当然无法指望他们去向皇帝百官严词抗辩，为民请命。可在明代就大不一样，明太祖颁过《卧碑文》，规定除言官外，天下庶民，拥有百工技艺之人都可上书议政，当然这条规定有作秀的成分，平头百姓怎么可能动不动就跑到宫里和皇帝理论，紫禁城里哪容得下那么多击鼓骂曹的刁民，可言官的嘴巴是管不住的。明代言官叫给事中，虽属正从七品，是个芝麻粒大小的官，权限却相当大，可直接封驳皇上的旨意，御史负责监控朝廷百官的言行。言官品阶设置偏低，正是要他们放言议政，不会因为位高权重有所顾忌。不少东林党人就是出任言官之职，铸就了清议的名声。

因为言官不是摆设，在他们眼光的逼视下，皇帝和大臣的日子都不好过，所以他们总是千方百计地限制言官发飙议论。内阁首辅大臣张居正绞尽脑汁弄出一个“考成法”，用来专门对付言官，规定所有言官的议论都必须经过内阁审查才能生效，张是内阁老大，言官自然奈何不了他。最出名的例子是张居正“夺情”之议，张居正的父亲死了，按规矩应该回家奔丧守制二十七个月，张大人怕丢了官位，拟了一个夺情的方案，借口自己工作忙，离不开那么长时间，申请酌情留任。结果言官串联群起攻讦，张大人一怒就动了板子，一路廷杖下去，降职的降职，流放的流放。

言官犯起犟来真是不好惹，最惨烈的例子是所谓“大议礼”之案。明神宗违反祖制，偏要把爱妃的儿子扶正成太子，于是言官们开始前赴后继地上书，哪怕几十张屁股被打烂，哪怕落下个终身残疾也在所不惜。在他们的眼里，违逆礼制是天大的原则问题，必须以死相谏，哪怕让人觉得个个冒着傻气。和这些言官的角度不同，在我们今人看来，祖宗之法是否要守，守到何种程度并不重要，我们看中的是言官对权力的威慑在明代仍然有效，哪怕要为此付出血的代价。进谏直言的大胆带动了批评的风气，甚至有的官员直接指出神宗以生病为由不理朝政，其病根就是饮酒、恋色、贪财和发怒。这类言论如果出现在清代，说话人早掉了脑袋。

言官一拥而上指摘朝政最让皇帝头疼，因为读书人这么大规模地起哄闹事，自然会压缩自己决断的空间，于是皇帝给这些聚众闹事的人群加上一个贬义的称呼叫“朋党”。面对这个指控，东林人反驳的理由是，以朋辈身份交往是为了公议而非一己之私，求的是“天下之公”“天下之理”。谈“道”时可以把标准悬置得很高，同时又与百姓日用伦常密不可分。所以空谈的大帽子被轻率地扣在东林人的头上实不公平。在东林人的眼中，“朋党”应超越用势、情、利的私交构成的朋友圈，“势”是指那些由科举师座、门生相互援引的社交圈子，“情”是指同年同门或同乡组成的情感网络，“利”指的是以利益交换为主轴的不正当关系。

东林是否成“党”始终存在争议，黄宗羲就认为把东林扣上朋党的帽子毫无疑问是宫里阉人的阴谋，真正称得上东林正宗的不过区区十几人而已，阉党开出的黑名单把本不属于东林一系的人员统统列入，人数达三百多人，明显是故意夸大反对派的声势，为大搞陷害株连寻找借口。倒是以后号称“小东林”的复社，人数规模要大得多。复社的一个重要特点是通过兜售八股文教科书赚钱牟利，有点像现在私底下贩卖高考标准答案，这与明代商业传播系统日益发达有关，八股标准文本的流通借助印刷术繁荣起来，依靠讲会的力量渗透进民间，使得阅读日益成为一种大众消费。

复社在科举上升渠道的争夺上确有拉帮结派的嫌疑，比如通过所谓“公荐”“转荐”和“独荐”的形式渗透进选拔机制。“公荐”的意思是，某个人往往会因岁试、科试的成绩优秀，或者是以某个官僚亲戚或某个复社首领门下的名义被公开推荐；“转荐”

是通过中央官僚以公文形式写推荐状转送；还有就是用替换答案的手段暗中推荐特定的个人，名之为“独荐”，用这种手法，复社连科举合格的名次排列都能预先侦知。由此可知，那些梦想通过科举渠道当官发财的人纷纷争先恐后地入社也就毫不奇怪了。所以有人写诗讽刺说：“娄东月旦品时贤，社谱门生有七千；天子徒劳分座主，两闱名姓已成编。”意思是复社门下七千人，早已决定好考生的等级。乡试会试由天子派遣座主考评，但在座主确认之前，谁能及格，谁是第一早已被搞定，因为座主和房师可能都是门生和东林党人。复社随心所欲操控科举名额人选，形成势力强大的派阀体系，确实削弱了君权在选拔人才方面的作用。

复社还通过“私揭”，即到处张贴私人文章（有点类似现在的小广告）的形式影响政局，其实是利用学生运动和私人网络达到舆论控制的目的，甚至可以逼使政敌下台。借助各类运动，与复社敌对的官员往往被赶走，换上复社内部的同志。特别是一些地方官，因为与复社同道，会把其意旨贯穿到基层社会，如果硬说这也算是结党营私，倒确有些貌似，不过这些地方官确实在乡里做了一些实事，比如推广乡约，遏制豪强等等，故不宜用朋党的恶名一棍子打死。

读书人借结社之力抱团取暖臧否时政历代并不罕见，如今的知识人同样也会呼朋唤友，相互援引。只是抱团之后祛除些孤独感也就罢了，千万别太把自己当回事。就如东林，虚夸者说是社会良心，国家栋梁，狂贬者却大骂其空谈误国，百无一用，乃亡国谬种。两种极端评价似乎都有些道理。但我以为，读书人对自身位置的清醒认知最为重要，高置虚夸难免自恋，自我鄙弃更是无宜。读书人平时袖手清谈，沉溺绝学，倒也能体现出“无用之用”的风范。不平则鸣，聚而论道，也似乎颇显名士风流，只是千万别昏了头，以为自己真能登高一呼，左右天下大势。

有人为东林鸣不平，说大明亡了不应怪东林，都是宫中那些被割去命根子的阉党惹的祸。这思维和骂东林的人是一样的，就如一体两面般地相似却又无助于切实理解某个王朝兴衰的成败得失。因为历数下去，我们可以找出无数促成亡国的单因子。平常耳朵里常听到的就有诸如皇帝不理朝政，内阁专权，兵备不整，财政阙失等等，你说哪个因素看上去不像亡国的徵象？何以把大明失败的屎盆子单单扣在东林党人的头上？犹需反思的是，一旦把东林清谈误国的故事反复播讲，难免会给专制政权压抑舆论制造口实，这从清朝皇帝疑似呼应遗民舆论，貌似想穿上一条裤子的假象中可以得到某些教训，平常读史者对此不可不慎。

“创伤记忆”唤醒辛亥浪潮

“发妖风”的由来

有些历史记忆就像是谶语，可以对突发事变发出警示。湖北鄂城人朱峙三有本私藏日记，里面记了一段“发妖风”的故事。在少年朱峙三的记忆里，父辈中经常来串门聊天的洪大爹是出了名的故事篓子，喜欢谈论“长毛”（太平军）旧事。有一次老人说长毛把官兵叫“妖”，官军一到就说是妖来了。当时武昌在长毛手里，一有警报，人民满街乱跑乱吼，称“发妖风”。以后凡是没来由发起疯来胡乱奔吼的人都被看作发妖风。

几年以后，在武昌上学堂的朱峙三事出偶然，当真陷在了发妖风的人群之中。一九一一年八月十九日晚，因第二天两湖学堂要考试，监学嘱咐学生早睡，大家十点纷纷熄灯就寝。朱峙三因病不能安枕，十一点长街上响起了五六声枪响，不久枪声开始密如连珠，房顶清晰地听到有人碰动屋瓦，如侠客疾走，十二点枪声中开始夹杂着大炮声，彻夜轰鸣。天亮后听说革命党人臂缠白布向督署进攻，中午城内大乱，人们顾虑满人反攻屠城，开始纷纷向城外奔逃。这让朱峙三恍然觉得好像长毛发妖风情景又出现了。只见文昌门半开着，逃者嘶喊连连，蜂拥挤出，沿途人流络绎不绝，好不容易窜到江边，船费已从五十文涨到五百文，只好忍痛被讹，一路狂奔回鄂城家中，整夜惊魂不定，恍如隔世。听说县里昨晚还在演戏，仅是隐隐听到省城传来炮声。

事后回想，貌似偶然爆发的历史事件都由各种潜在的小关节慢慢积累，最后才酿为不可逆转的巨变，其中记忆的沉淀、萌动和唤醒尤其值得贴切体会。以辛亥首义的前几天为例，学堂中就密传着“杀鞑子”的日子就要到了。八月初八日，朱峙三下午四点从家中赶到学堂，听说毕业考试马上就要举行。晚上友人刘菊坡来宿舍聊天，此人两年前因思想异端被两湖学堂开除，后入高等警察学堂，他预测革党马上要动手，因为元末八月十五是杀鸭子（鞑子）的纪念日。朱峙三只当玩笑听了一耳朵，根本没在意。中秋节这天，刘菊坡又神秘地出现，告知今宵必有大变，十二点以后可静听风声，语气就像个占卜的巫师。中秋当晚平静无事，可四天后发妖风再袭武昌城，用事实验证了刘菊坡预言的力量。

仇满传说与禁书的踪迹

时间回溯到一八九五年，朱峙三念私塾时就听洪大爹讲过“杀鸭子”的传奇，话说胡人得了天下建了元朝，待百姓极刻薄，胡人老担心汉人造反，就把兵器全收缴了，只准十家共用一把菜刀，还派一个蒙古人监督。百姓成年结婚，新妇还要交与胡人先睡一晚。明太祖和陈友谅起兵反元时，百姓密约“中秋杀鸭子”，“鸭”与“鞑”谐音。中秋月圆全城百姓纷纷争杀鞑子，鞑子一个月就被杀绝了。杀鞑子就像砍瓜切菜般容易，听起来令人难以置信，内心却大感爽快。可见十余年前种族仇杀的记忆已开始不断蕴积。

另一段记忆的唤醒发生在一八九九年的清明节，这天洪大爹聊起了明末洪承畴与满人订“十不降”条约，剃头换衣冠降大清的掌故，这段掌故暗指汉人与满人貌似达成妥协实则潜藏敌意。这“十不降”是：一为生降死不降，指死者入殓服用圆领大袖，戴方巾，这是明朝打扮，孝子留发留须，不剃头修面。二为男降女不降，女子仍穿大袖衣，梳髻，大衣盖过膝盖，穿裙裹脚，一切与满人妇女的打扮不同。三为官降役不降，官穿清朝制服，皂隶穿青衣，戴高篾帽，不改明代定制。四是文降武不降，文官尊清朝，武官迎霜降时戴盔着甲。五为士庶降乞丐不降，乞丐办财神，戴纸盔，逢节索喜钱。六为俗降方外不降，道人僧尼均可穿前代服饰。七为阳官降阴官不降，府县城隍庙里的城隍神，塑像均穿明代服装。八为头降脚不降，官吏穿袍套马蹄袖，足穿方头状朝靴，仍遵明代规制。九是科甲降秀才不降，秀才出入科考之门，穿圆领蓝衫。十是长降幼不降，指襁褓中的婴儿，穿僧道服装。

这“十不降”的传说到底含有多少历史真实成分不易判断，很难想象当时已穷途末路的洪承畴竟能如此放肆地与大清皇帝讨价还价，逼成恪守汉俗的强硬契约。即使其中部分确有史实依据，到了清末，到底还有几项规则能坚守下来也让人生疑。“十不降”中有些是我们熟知的情节，如汉人女性不改裹脚风俗，有些汉人家族一直坚守“深衣”下葬的传统，不少明代遗民为保汉人仪容出家为僧，这些现象在明清易代之际屡见不鲜，但发生的程度和范围无法一一验证。我们不妨把这个传说看作汉人为延续种族尊严编造出的一个神话。只不过这故事被托付在洪承畴一人名下，通过口口相传，沉淀成了一种强势的集体记忆。这套表述经过晚清异端杂志不断挖掘强化，在革命党人的各种文章和回忆里频频出现。如《苏报》中有《释仇满》一文，作者谈到自己幼时就听说过“生降死不降，老降少不降，男降女不降”的故事，内心从此种下仇满的种子。流传的“十不降”版本虽然不尽相同，却支配着满汉冲突记忆的基本格局。

辛亥革命又称为反满革命，对清初满人杀戮历史的重述在其中起着突出的引导作用。满人暴虐的印象不仅透过口述故事流播扩散，文献的发掘重整更是一个追忆早年创伤经验的关键步骤。嘉庆以后文网渐疏，有些被官方严厉查禁的书籍又悄悄流通起来。清末封疆大吏张之洞推荐的书目中居然出现了《明季北略》这样的禁书，这在清末以前是难以想象的。晚清对乡土中禁忌文献的搜集复原以区域为单位呈散点状铺开，透过编纂杂志和汇集遗文典册的渠道勾连成面，营造出高效的传播网络。

清初禁书大多先由各地编纂的杂志以摘要片段重新发布，如《湖北学生界》编印宋明两朝遗民与湖北有关的诗文，杂志后改名为《汉声》，鲜明标举出种族竞争的目的；《云南杂志》专意披露南明桂王在云南的活动及明末云南抗清事迹；《国粹学报》以保存国学的样态刊载遗民文献，杂志甚至远销山西，有读者特意寄来明末山西遗民傅山的遗稿。晚明遗民文献的刻印传输在各地之间互通有无，当年清廷屡兴文字狱专力剿杀的这批史实经钩沉与流播，呈死灰复燃之势。易代之际的个人零散经验有了大面积传递串联的机会，一幅种族屠杀的集体施暴画面也由模糊渐趋清晰。

禁书有序无序半明半暗地弥散，重新唤醒了汉人对满人的种族仇恨。不过，禁书记述满人施虐史实的焦点仍集中在江南地域，因满人入关在江南杀戮最惨，后来传播最广的两本禁书《扬州十日记》和《嘉定屠城记》都与江南有关，尽管里面的记述是否真实一直存有争议，例如在冷兵器时代清军在扬州杀了八十万人的说法就令人难以置信。然而数字的夸大与否已不重要，只要阅读者头脑中存留下满人见汉人就杀的血腥印象即已足够。

大批青年在阅读禁书时逐渐积累起来一些相似的疼痛经验，晚清文人日记中不时出现“读此记毕，泣下数行”的记载。只不过一般文人感受和革命党渲染出的疼痛记忆之间存在明显差异。例如，读禁书的文人最初大多对清朝的统治抱有持平包容的态度，如认为满人对汉人偶有恩典，后来情绪渐趋极端，才开始全盘否定满人的统治，这个转向显然受到革命党舆论的支配，说明疼痛记忆的程度是可以反复加以修正的。一个例子是，朱峙三曾特别引述《嘉定屠城记》中嘉定进士黄淳耀自尽前的一段话，表示仇满情绪难以平复，黄淳耀曾预言：“异日胡虏复靖，中华士庶再见天日，论其世者，当知予心。”朱峙三发表感慨说：“噫！观此一段，则知排满革命为吾辈天职也。”又表示“吾侪应该思报复此仇矣！”他最终的结论是：“元代蒙古当国，其苛杀较本朝轻。”可是在看完《扬州十日记》后，朱峙三仍认为“本朝有恩于百姓”，只不过在学术昌明之世，清廷过于严守满汉界限，才导致落伍。

对于清朝是否曾经有恩于百姓，朱峙三的看法最初与革命党观点并不完全一致，只是通过不断阅读一些同时代的升级版禁书才慢慢转变了看法，比如《革命军》里的说法就对他的思想形成了很大刺激。《革命军》作者邹容根本不承认清朝对汉人有一丝一毫的恩典，他在《革命军》中说过，扬州十日、嘉定三屠只不过是满人残害汉人一州一县的代表而已，“有一有名之扬州嘉定，有千百无名之扬州嘉定。”这种满汉势不两立的极端思想不断透过各类杂志传递给读者，逐渐酝酿累积成共同的心理预期，甚至触动心扉的泪点都很相似，交流起来会互相交叉传染，营造出泪奔不止的效果。如看到《江苏》杂志中刊登的史可法遗像、遗墨，朱峙三眼泪就禁不住哗哗流淌，阅读禁书让哭泣变成了一种习惯。这和邹容看《扬州十日记》“吾儿不知流涕之何自出也”的情形如出一辙。如果深究起来，朱峙三放弃清朝对百姓曾经施恩的观点显然是从阅读邹容《革命军》而来。邹容针对满人“二百年食毛践土，深仁厚泽，浃髓沦肌”的说法，有如下的议论：“中国者，中国人之中国也，非贼满人所得而固有也。夫谁食谁之毛，谁践谁之土”，根本就是一目了然。结论当然要倒过来，“贼满人入关二百六十年，食吾同胞之毛，践吾同胞之土，吾同胞之深仁厚泽，沦其髓，浃其肌。”

《革命军》中出现了一个致命的新观点是，“满人”不是“中国人”，“旧学”与“新学”的差异以是否能辨别出满人不是中国人为界，并用此标准评价统治人民的优劣程度，这是以往所罕见的现象。

受此影响，朱峙三才有如下与过去中和立场完全决裂的判断：“吾邑旧学先辈未见此书，总曰本朝深仁厚泽。奈何！奈何！”这番议论并非凭空而发。有一次朱峙三从省城回家后与塾师大吵，缘由就是他的老师程先生说现在就业容易都是本朝的恩慈所赐，劝说他收敛大逆不道的言行。朱氏毫不犹豫举出《扬州十日记》和《嘉定屠城记》两书的杀人例子当场反驳，证明满汉界线分明，汉人做了二百年的满人奴隶，与元朝没啥区别，谈话自然不欢而散。看来动不动就拿扬州、嘉定屠城说事几乎变成了一种时髦举动。

革命党复制满人杀戮记忆

满人除了在江南制造杀戮，文字狱也多以江南士人为清算对象，这既有史实为据，也与屠杀记忆交织叠合，构成了满汉冲突最灼伤汉人心灵的两大创痕。两个最为惨烈的文字狱案“庄氏史案”和戴名世“《南山集》案”都发生在江南，朱峙三在阅读《浙江潮》《新广东》《新湖南》杂志中零星刊出的文字狱记载中，得出“康雍乾三朝文字狱，以浙江人为最多”的结论。说明底层阅读经验与浮在舆论表层焦点上的革命谠论之间已构成了默契的互动关系，章太炎甚至把文字狱升格到了再演秦廷焚书惨剧的历史高度，他说乾隆烧书，先消灭的就是那些有关胡汉冲突的历史记载，其次才是明朝官员的奏议文献，清廷心理阴险的程度不亚于秦始皇。

正是不断汲取激进言论的影响，江南屠城与文字狱这两个并没有发生在同一时间，性质也不尽相同的事件，却常常故意被拼贴在一起，仿佛是在同一时间流中不断持续发生，致使阅后的惊悚感觉明显增加。如说“回思扬州十日，嘉定三屠之惨，以及吕留良、徐述夔、戴名世以文字遭祸，凡我汉族之有血性者，当如何感想前辈文人欤”。里面提及的三人都是几出最惨烈文字狱的受害者。这些例子与扬州嘉定的屠城惨景捆绑叙述，震撼效果自然加倍。

有些仇满言论完全是对革命党极端观点的模仿，朱峙三回忆，读完《猛回头》《革命军》的反应是：“觉满人入关待汉人极苛。雍正以后文字狱大兴，汉人多被杀害者，则皆系倡革命排满者，为极有道理。幼年初读，并不知满人是何种人，皇帝姓什么，十二岁乃知满洲为明代皇帝之大仇敌。”

满汉隔阂的情绪就是在这类阅读中一点一滴积累发酵起来，个人记忆经革命话语锻造输送，会像涟漪般不断扩散，一些貌似不相干的事件又像藤萝攀援古木，陆续挂靠在“满汉隔阂”这棵大树上，发挥越来越强烈的隐喻功用。以至于小到官员的任命，大到制度变革的安排，都被不经意地看作满人要弄阴谋的某种暗示，时时拨动满汉相仇这根敏感神经。中西发生冲突，不仅是当朝政府的错，更是满人的错，具体的行政失误也不是一个简单的制度运转问题，而是被上纲上线到种族冲突的吓人高度。一九〇〇年庚子拳变，当董福祥军队久攻使馆不下时，就传出御史频出馊主意的笑话，如副都御史英麟奏称，洪钧老祖已派五龙到大沽口与洋兵接仗，英年则上奏说洋人惧内，可先杀他的老婆，此仗即可获胜云云。又有人议论说庚子联军入京错在西太后一人，她还大修颐和园为自己祝寿，其心中何曾念及汉族小民？修缮颐和园的罪过已不只是耗费国财，更重要的是对汉族小民漠不关心，这个"民族主义"式的判断明显受到革命党种族宣传的感染。又如报载清廷任命贝勒载洵、萨镇冰为海军大臣，载涛、毓朗管理军咨处事务，也被认为是重用年青满人亲王，排挤汉人官僚的荒谬举措，汉人只能敢怒不敢言。清廷的立宪活动完全被看作一种模仿日本天皇妄想保持满人皇帝万世一系的欺骗行为，是故意缓解汉人反抗情绪的阴谋。

禁书和激进杂志的阅读，使得青年学生对清末立宪新政的判断戴上了种族论的眼镜。一九〇八年，朱峙三发现，满汉隔阂也是近三年来日甚一日。所以满人才动了立宪的念头，不是真想改革，而是"欲借立宪美名以消汉人正气"，这也是革命党人的典型观点与口吻，虽极具煽动性，却与事实不一定相符。按常识估计，清廷推动立宪虽迫于压力，改革本身终是大势所趋，绝非恶事，改革议程也基本按有序的方向进行且颇有进展，但革命党人生怕立宪成功会使造反失去合法理由，于是有意通过杂志散播清廷屠杀和文字狱酷虐的历史记忆。清初的杀戮和言论钳制虽与晚清相隔二百年，却仍能衬托出清末改革的虚伪，这套宣传技术和策略确实影响到了国人对局势的基本判断。立宪活动在反满的喧嚣声中就这样不知不觉被妖魔化了。

满汉隔阂反映在一些微妙的日常情绪变化中。慈禧过世，时人读到一条八卦新闻，说为慈禧哭灵的武昌各大员到场后都自带胡椒粉，到灵前手摸两眼，熏出泪水，才开始号啕哭泣。这自然引起一番满汉相互猜忌的想象，如有人就说太后素恨汉人，她的死怎么可能让人民动起真感情呢？这场哭灵闹剧明摆着是想鼓励民众争相作伪。这个时刻，似乎没有人注意到，清末与清初的满汉关系格局早已完全不同，满人汉化导致的文化融合程度大有提高，满汉官僚在处理政务中的协作关系也并非想象中那般恶劣，革命党人却故意混淆清末与清初的历史现状，把清初满汉冲突的逸事重新发掘散布，模糊了时代的界线，构造出一种时空错位的想象效果。

朱峙三读到从东京寄来的《天讨》杂志中有一幅《猎狐图》，上有章太炎的题句说："东方贱种，曰鞨与胡。'射夫既同，载鬼一车'。"朱峙三觉得这段题句"论民族极清晰，硬说满洲人实非人种也"。心里也直觉革命党恣意丑化满人好像有些不妥，却也在慢慢习惯如此粗暴的语言风格，当时革命党急于扩大舆论宣传，不惜扭曲史实，采用极端刺激的议论贬低清廷，妖魔化的范围既包括制度也针对个人。包天笑回忆"革命和尚"苏曼殊当年在一扇页上画了一个小孩子正在敲破储钱瓦罐，题名叫"扑满图"，这个打破瓦罐的动作中就藏有反满的隐喻。可见反满情绪已渗透到日常生活的精细脉络之中，隐约变成了汉人的潜在心理共识。“贱种”的满人与优秀的汉人难以等价齐观的思维只要传播开来，青年学生的历史观就会出现失衡，身上潜藏着的激进细胞一旦勃然启动，就要寻找释放奔突的出口。朱峙三在革命前夕就已极端地认为，满汉因种族差异形成无法调和的世仇，虽然明代苛税繁重，盗贼蜂起是为政府所逼，毕竟还是汉家天下，假如没有吴三桂、洪承畴这些汉奸襄助满洲君主，明朝未必迅速灭亡。《日记》中的另一段话更是说得偏激：“噫！吾不恨满人杀汉族，独恨汉族为虎作伥之汉奸，以媚异族杀同种耳。”

“集体记忆”的流播路径

创伤记忆的养成、驯化和传播犹如植物生长需奠基培土，科举制崩毁造成的学生流动恰好可以担负起记忆传输的责任。在晚清新政以前，科举应试大抵是底层士人脱贫的一个重要渠道，大多数士人家里没有恒产，通过科举有可能改变经济贫窘的现状。科举一废，应试子弟断了救贫的这条独路，一部分囤积在学费较为低廉的学堂，一部分流向军校，成了军阀崛起的渊薮。军队中读书人成分增多，他们一起阅读新书、杂志，心理必生变化，相当于为反满革命储存了军事人才库。时人就评论说，如果科举不废，学堂不设，学生蜗居乡村，坐井观天，没机会在大城市里串联走动聚众议论，种族思想自然难以风生水起四处散播。都会中有学堂，受学监控制，不敢放言无忌；清廷鼓励出国留学，在日本欧美朝夕相聚畅读禁书，日本纸张价格低廉，出版印刷禁令宽松，留学生编辑杂志渐成风气，各省青年学生相互攀比，以搜读编印禁书为快事，才知华夷界线分明，革命思想经此点燃，清廷就这样给自己的灭亡提前准备了坟墓。

创伤记忆的传播路径受地域影响颇大，江南本就是人文荟萃之地，密布藏书楼和印刷刻书的流通网络，太湖流域的水乡风貌给新书和思想的播散提供了快捷的通道。包天笑曾提及江南一带的报纸流通状况，说苏州没有邮政却有信局负责收发信件，时尚的报纸如《申报》可通过信局订阅，苏沪之间没有通行小火轮时，一般民船需要航行三四天，《申报》传递靠一种“脚划船”穿梭飞送，这种船形制极小，只能容一两人，划起来可手脚并用，在内河中往来如飞。在光绪九、十年间，全城看《申报》不超过一百家，昨天出版的报纸，第二天下午三四点就能送达各家。中日甲午战后，苏州设立了日本邮便局，赴日本留学的各省学生编辑的《浙江潮》《新湖南》《直言》《江苏》等杂志都能通过此渠道获得。甚至包天笑与友人自办的书店也叫“东来书店”，取书籍从东洋贩来之意。苏州每天来往船舶中不时有人送上一张书单，开列所需新书杂志，书店负责配送，生意遍及常州、无锡、嘉兴等地。书店中出售的日本印刷汉文“支那疆域图”，尽管冠有“支那”的侮辱名称，因印制精美，销量极佳，不仅供应学堂地理课教学之用，甚至许多绅士之家也大赶时髦，买了世界地图悬挂在书房里，代替传统挂屏。

湖北也有类似情况。一九〇一年，黄安地区的信息来源主要依赖《申报》的消息，黄安同样没有邮局，上海九江来信及报纸都由北大门的森泰昌号民信局订阅转达。朱峙三的父亲除订阅一份《申报》外，还从当地一个叫郑赤帆的富户子弟家中借阅书籍，这家富户购买了许多新书，用来装点门面，朱峙三阅读《时务报》《新民丛报》《中国魂》等新派报纸书籍后自述："精神为快，可以开文派一格。"于是经常模仿《新民丛报》文体风格，作为应试科举的利器，当时科举考试已开始逐步加入评点中西时事的策论内容，他预测一九〇二年各省中举卷子的行文，肯定会模仿《新民丛报》的报章体，世风已在悄悄转移。一九〇三年以后，郑赤帆自费留学，一些观点更加激进的报纸杂志及禁书开始从日本频繁流入，《张苍水集》《扬州十日记》这类禁书已颇常见，《警世钟》《猛回头》《革命军》等革党三书也已私传泛滥。朱峙三进入县师范学堂念书后，学堂中已流行黄兴、宋教仁主编的《二十世纪之支那》。一九〇七年军机处开列出需查禁的杂志书单，这些杂志朱峙三在县里几乎都已经全部阅读过，可见县一级异端书籍的散布已呈相当规模。

一九〇六年，朱峙三进入省城的两湖学堂后，涉猎异端书籍的范围更加丰富多样，包括《民报》《天讨》和《太平天国战史》，还有于右任主编的《民吁报》。因有禁书被学监搜出当场示众惩罚的先例，阅读禁书都是在晚上寝室学监查房过后，秉烛而读。私下传阅的书籍，每人必须亲手交给下一个人，同时备有记录，以便层层转交时能够确认下落，相当于把货物交给下家。到辛亥前夜，革命书籍的传播范围已波及高等警察学堂和陆军特别小学这些与军事相关的机构，武昌首义的舆论准备就这样悄悄完成了。

无人否认，辛亥革命的爆发有多重思想资源同时起着作用，如最初流行的是会党反清复明的旧说，复兴明朝的欲念一旦与近代民族主义接榫，就成了直接点燃反满烈焰的催化剂。明末江南屠杀与文字狱记忆通过现代媒介的转输，为科举制崩毁后的新式学生提供了反叛的精神资源。晚清的发妖风现象被注入了新的时代内涵，终于把革命风潮推向了不可逆转的激进境地。

“伟业论”还是“阴谋论”？

我们今天读史，往往会在前人设置的圈圈里打转，最容易犯的毛病就是把历史假想成某几个聪明人操控把玩的游戏，其他人只有资格或是傻傻地旁观或是当替死的炮灰。如果比较观察国内外中共党史的叙述逻辑，对人物的评价一般会趋于两端，一端是对领袖的历史作用无限拔高，一切功劳统统归于伟人的天赋异禀，他们如神人卜卦，百算无误，总是能在历史转折的关键时刻指点迷津，稳操胜券。如歌词里唱的“毛主席用兵真如神”是也，他们无私地为人民的利益殚心竭虑，仿佛一切成功都有命定的道德品质做保证，即使偶有挫败，也是不值一提的小插曲，无碍大局。这套叙史策略可姑且称之为“伟业论”。

还有一种思维套路不妨叫作“阴谋论”，那就是在各类领袖的所有决策动机中都先天潜藏着一种不可告人的阴险预谋，领袖头脑任何精细的谋算，唯一目的就是要把政治对手逐个掀翻逼入绝境，个人的私利高于一切，所有政治言行只是实现个人野心的筹码。最典型的例子是美籍华人作家张戎写的《毛泽东传》，她的假设是，毛泽东在年轻时代就是个不折不扣的野心家伪君子，他具有超乎寻常的算计能力，在苏区时就开始精密设计每个人生细节，为自己未来的政治升迁早作准备。历史演进也大体没有脱离他的掌控轨道，尤其在大方向的判断上绝对精准无误，不差分毫，中国现代史宛如一部恶人当道的历史。这部传记把阴谋论的叙述逻辑推向了极致，里面掺杂着个人和家庭在"文革"中受迫害的诸多感受，骨子里透露出的历史观基本上是那本流行"文革"小说《鸿》的一个升级版，只不过以清算历史为名，把泄愤情绪从家族恩怨转移到中共领袖人物身上而已。

此书流传甚广，据说是美国前总统小布什床头读物之一，之前我在台湾诚品书店里还看到中译本被摆在最明显的位置。正因为如此流行，此书的阴谋论观点才迅速得以播散。阴谋论的荒谬在于，中国历史变迁图景仿佛就是一颗大脑操弄演绎的一套法定程序，民众不过是他手中牵耍着的一具具玩偶。复杂难辨的史实就这样化约成了一个阴谋家的个人命运秀。

伟业论因为措辞阿谀露骨，廉价地过度颂扬延续了"文革"时期对领袖的愚忠式赞美。加之论述多出自官方手笔，自然易于识别。最难辨识的往往是阴谋论的叙事手法，因为它通过对史料的有意剪裁，不惜以个体受害的经验粗暴绑架历史，充满诛心臆测的猜想，痛快淋漓地传达出一种怨愤不满的情绪，极易唤起有相同经历者的共鸣，同时也最容易引起西方读者幸灾乐祸的好奇心，以此成功遮蔽了中国现代历史的复杂样貌，也阻断了西方读者正确理解中国历史的有效途径。

好在有些学者已注意到以上两种极端观点的偏颇与有害，开始有意复原被蹩脚的文人搅得乱七八糟的历史现场。最近读到黄道炫的《张力与限界：中央苏区的革命（1933—1934）》一书，觉得澄清了一些我们从党史教科书里得到的江西苏区衰败的错误印象。红军从打破蒋军四次围剿，到第五次反围剿失利，转入长征，以往对这段历史的解释基本上摇摆于伟业论和阴谋论之间，当然伟业论作为主流叙述的势力最大。其基本观点是，反围剿的失利是因为红军丧失了灵活的战略机动性，面对蒋军步步为营蚕食清剿的作战方略，一味打防御战消耗战，没有听从毛泽东调动红军主力跳到外线作战的英明建议，最终丧失了战争主动权，被迫放弃根据地转入艰苦卓绝的长征。阴谋论则把眼光完全聚焦在毛泽东一人身上，千方百计挖掘各种资料证明，毛是个处心积虑的阴险小人，为了私人夺权牟利，可以置党的大义于不顾，只会在背后乱搞各种猎杀政敌的小动作。

实际上，在第五次反围剿过程中，不与蒋军做正面接触，杜绝分兵把口的消极防御战术，坚持诱敌深入，主张运动战游击战相结合，一直是中央红军高层领导的共识，内部不存在什么根本的分歧。包括当时中革军委代主席项英、共产国际代表王明等都持这种看法，共产国际东方部负责人米夫专门发表文章强调集中兵力，打击敌人侧后，用各个击破的战术瓦解对手步步为营的进攻策略。甚至一直在党史教材中备受指责的共产国际军事顾问李德也是持运动战的观点，从未主张过消极防御。红军的对手国民党军当然也不是傻子，他们的军事指挥官包括蒋介石本人通过与红军作战不断汲取教训，调整战术，不惜耗时耗力构筑碉群缓慢推进。这个蚕食苏区地盘的策略，常常使得红军运动战兵力无法展开，集中优势力量打击对手的老方法难以奏效。后来被当作林彪罪状的"短促突击"战法，也是在碉堡密林中不得已采取的权宜之计。运动战面对堡垒战，就如彭德怀的形容："等如猫儿守着玻璃里的鱼可望而不可得。"红军运动空间实际上已经受限于蒋军的战术设计，回旋余地不大，并非红军高层的指挥失误所致。

持伟业论的人认为，毛泽东当年曾设想，红军主力跳出苏区，突进到以浙江为中心的苏浙皖赣地区，纵横驰骋于杭州、苏州、南京、芜湖、南昌、福州之间，突破堡垒围困地带，将战略防御转为战略进攻态势，同时迫使进攻江西福建的蒋军回援。毛曾断言，此计不用，第五次围剿无法打破。事后判断，这确实是极富想象力的一着妙棋，关键是红军限于各种条件，是否能把这着棋下出来。历史证明，这招险棋确实无法在战争博弈这张大棋盘上真正走出来。这拘于两个条件限制，一是苏区虽然消耗着大量财力物力在拼死抵御蒋军的进攻，整体已越来越处于劣势，但苏区毕竟是红军经营多年的老地盘，决定全部撤出犹如破釜沉舟，没人胆敢做出如此冒险的抉择。二是红军即使跃出苏区挺进至江浙地域，也会缺乏动员民众的基础，这一带地少人稠，属于最富庶的区域，是国民党军重兵把守之地，没有多少展开和隐匿的空间。是否能顺利实现想象中的战略意图，实难以预料。解读这段历史，要顾及太多的现实制约因素，不可轻易归罪于中央领导层的决策。

正是因为大规模运动战在层层堡垒的包裹下很难觅得战机，所以才有所谓短促突击战术的提出，其基本思路是，想方设法把敌方引诱出碉堡，埋伏在侧翼的红军寻机在运动中予以歼灭，可这只是个一厢情愿的设计，经过多次交手，蒋军已充分了解红军的战法，时刻注意堡垒之间的呼应衔接，不轻易孤兵离开，使得红军突击歼敌的目标经常落空。红军的武器装备太差，缺乏攻坚能力，敌方只要缩在碉堡中坚守不出，常常徒唤奈何。

所以说红军被迫放弃江西根据地长征是因为从第五次反围剿一开始就受制于战术战略的劣势，这一劣势如果放在地缘政治的框架下观察就更为明显。赣南、闽西出现苏维埃革命，发动原因并非如一般党史中所讲，是因为土地的高度集中导致贫富分化，这一地区土地分散，极少大地主存在，所谓“富而不庶”，中小地主、佃农及普通农民的关系密切，虽偶有利益冲突却并没有严重到水火不容的地步。中共难以依据阶级理论寻找革命对象，苏区土地革命针对的打击目标是“公田”，“公田”是宗族用于祭祀和助学的土地，平分公田相对可以缓解而非激化阶层之间的冲突，还可以趁机削弱宗族势力对革命运动的阻碍。然而，随着国民党军步步为营缓慢推进，按蒋公的说法就是不顾面子，不惜用呆笨的办法，自己固守起来像蜗牛一样慢慢爬行，采用军事、政治、经济、社会总体战思路持续围困，在粮食、食盐和工业品难以正常流入的情况下，苏区逐渐在消耗战中掉入了资源匮乏的陷阱。

苏区为缓解经济压力不得不大量发行公债，甚至强迫劳军，最严厉的集资举措是展开大规模的“查田运动”，核定阶级身份的手段不断花样翻新，变得越来越离谱。查田运动就是故意把一些民众的阶级成分定高，比如不是地主身份的人被强行划定为地主，身份一旦被定高就立刻成为打土豪的对象，那些仅处温饱水平的农民本来有限的财产就可能被没收。查田运动伴随的是一种极端暴力的政策，就是地主不分田，富农分坏田，成分定高，就意味着将被剥夺得一无所有，这种做法严重损害了中农和普通农民的利益。民众为躲避清算大量逃亡，甚至到了成群结队整村整乡逃跑的地步。苏区另一个集资手段是加大没收财物和强迫捐款罚款的力度，江西几个月的罚款几乎等于一年农业税的收入，这完全是竭泽而渔饮鸩止渴之计。

查田运动的失控伴随着肃反的扩大化。外力压迫的加剧使得苏区内部对反革命活动敏感到了草木皆兵的程度，不经过审判和法律程序关押错杀了一大批人。一些平时温文尔雅的知识分子领导人反倒容易头脑发热，屡屡发出过激言论，如张闻天就主张多用杀人和刑讯的激烈手段对付“反革命”分子。而被认为是阴谋论主角的毛泽东在查田运动中倒是相对比较温和清醒。

民众逃亡还有一个结果是造成严重的“赤白对立”，苏区内部大搞阶级成分划分，由于标准混乱，内斗不断，把部分民众推向了蒋管区。苏区赤卫队多由农民构成，一旦打下县镇等城市，就一味抢掠烧杀，情绪失控，平时宣示的纪律对之难以形成约束，城乡对峙的暴力局面不断扩大。从国共抗衡的角度观察，中共倒是企图消弭赤白对立的界线，这样有利于扩张苏区的面积，国民党方面却有意激化赤白对立，这样可以有效压缩苏区的地盘，通过相互仇杀构筑起一道天然屏障。赤白之间的仇恨杀戮隐隐显现出了当年区域械斗的影子。

由上述所见，无论是单纯的伟业论还是阴谋论都不足以对江西苏区溃败失守和红军被迫转入长征做出合理的解释，历史的复杂景观恰恰是多重因素反复较量的结果。

上海亭子间文人之病

手上有一张延安文艺座谈会期间拍摄的照片，照片中人物站坐随意，东张西望，表情各异，甚至还有人咬着耳朵在密谈着什么。坐在第一排中间的毛泽东身体向前微欠，面色柔和若有所思。站在最后一排的作家萧军衣襟敞开，站姿笔挺，脸上微有笑意，略显落寞不群，与场上轻松欢愉的主色调稍感疏离。从照片里人群的姿态布局看，像是在座谈会间歇期拍摄的，也许他们刚刚从聆听毛泽东演讲的肃然情绪中松弛下来。在名为《在延安文艺座谈会上的讲话》这篇著名演讲中，毛泽东尖锐地提出了文学艺术家在新的环境里应该如何感受生活的问题，呼吁那些从上海亭子间跑过来的人尽快辨别出“革命根据地”与所谓“大后方”的国民党统治区之间的差异，并尽快适应它。

毛泽东自信地宣称，来自亭子间的小资产阶级知识分子，应该体会到时代特征的转变。“到了革命根据地，就是到了中国历史几千年来空前未有的人民大众当权的时代。我们周围的人物，我们宣传的对象，完全不同了。过去的时代，已经一去不复返了。”因此，他们必须和新的群众结合，不能有任何的犹豫。在这个民众当家作主的崭新世界里，文学艺术家必须在“人民”中重新安身立命，并以此为目标检验自己的改造程度。在这个群体中不允许有私人的存在，艺术家用不着再去挣扎观望，他们只有一条路可走：铁下心来做无产阶级和人民大众的“牛”，这个“牛”字是从鲁迅“俯首甘为孺子牛”这句诗中引申借用而来。

“孺子牛”是谁？

毛泽东用新发明的“牛论”向坐在台下的亭子间艺术家们喊话，语调明确坚定，坐在底下听演讲的萧军不会听不出其中的深意。他是否同意毛泽东的这套“牛论”，没有明确记载，但从他的《日记》中可以找到一些其内心波动犹疑的蛛丝马迹，如在和朋友聊天时萧军就苦闷地说，工农革命是为自己的利益，知识分子革命是单纯为了心。可见，在听完“牛论”之后，这些亭子间文人并未马上清晰地找到内心世界与民众身体相结合的切入口。

萧军以为，知识分子投身革命是可贵的也是痛苦的，工农革命受直接的利益所得驱使，知识分子革命却直接导致生活水准降低，往往要以精神和身体的不自由为代价，克服双重的困难。言外之意，让知识分子毫无保留地做工农的“牛”，损失将会是巨大的，他不但要战胜自己，战胜敌人，还要战胜各种诱惑。

由此看来，即使基于民族大义的召唤，勉强服从政治目标的规训，知识分子的心灵是否就能真正得到安置的确让人起疑。对于文学而言，逼迫一个人去歌颂他认为平凡的东西是不合理的。萧军举例说，陕北人没见过洋楼，看见了杨家岭的办公厅也觉得惊奇，至于在都市住过洋楼的人，他怎能有心情去歌颂它，即使有心情也是在理性和责任的驱动下去体验那艰苦的过程而已。因为吃过鱼肉的人，对于仅仅吃饱了饭的“幸福”是不会产生兴奋的，这就是劳苦大众和小资产阶级之间的分歧点。萧军深知自己这类满身都是“小资产阶级”气味的作家，在根据地浓厚的政治气氛中必定感到格格不入。在萧军眼里，艺术和政治正如相互试探的情人，只能偶尔亲昵，最终还是要分开。是政治吞噬艺术，还是艺术独立于政治，始终是萧军难以解开的心结。

有一次读《托尔斯泰传》，萧军觉得托尔斯泰性格中有那种反抗一切既成权威，而要成为一个“王”的感觉，以至到了无原则的褊狭程度，很有些与自己相像。萧军憎恶浅薄的机智和趣味，不爱市民阶层，不喜欢歌德和莎士比亚的作品，自诩为“初期的英雄主义”。与托尔斯泰的区别仅仅在于，他代表的是没落的贵族阶级，自己代表的是流氓无产阶级、农民以及民族革命斗争的人们，一旦与民众接触就会发生天然的亲近感，这个自我定位不知不觉把自己摘出了小资产阶级的队列。萧军自认这种身份感的产生与父母出生于不同的家世有关，他的母亲是没落的官家女儿，瞧不起平民，父亲是贫苦的平民出身，看不起当官的高贵，自己的性格中同时具备官家和平民的质素，时常激烈地相互缠绕对抗，其中一个终究要杀死另一个，最后的结果是“父亲杀死了母亲”。

萧军曾把身边尊敬的友人和自身对比做过一个粗略的分类，如把毛泽东看作儒家，鲁迅是儒家兼墨家，他本人属于儒与侠一类。有一次和彭真谈话，他说自己身份近于名士与游侠，共产党人以集体主义走向政治的风格近于孔孟，两种风格虽异，人生指向则同。

正是在强烈的游侠之气支配下，萧军偶尔会焕发出与民众亲近的冲动。声称作为一个真实作家和人，一定要能滚进一切生活里面去，旁观者和隔着玻璃看景致的办法是不妥的，所以为了要描写新人,必须去前方和“新人”一起生活。在讨论“给谁看”“看什么”这两点上，他发表了《对于当前文艺诸问题底我见》一文，界定出文艺的对象是革命青年、进步军人、进步的工人、一部分行政工作者，很奇怪，他觉得“农民差一些”，勉强把他们归到了次要的位置。大体而言，萧军对民众的分类理解与《讲话》的基本精神是一致的。一些想法也与《讲话》并不违背，如说艺术在内容上尽可能深而又深，表现形式上要浅而又浅，做到深入浅出，提高和普遍并行，多写具体形象，少玩抽象的雕琢语句，朦胧、磨棱的作品是要不得的。文学的书写任务固然是技师的工作，也担负灵魂塑造的责任，但不能常常想着自己是作家，这样容易居高临下搞特殊化，在群众眼里有当牧师的嫌疑等等。

在延安的特殊环境里，是否要描写群众有时会取决于一时一事的偶然感动，如遇到某个坐过国民党大牢逃到延安的残疾女工谈起她的悲惨经历，某次参观八路军兵工厂发现多是劣质的土枪土炮，由他们的决死精神引发的心灵震颤，甚至延安晚会上扮戏的戏装可怜地全用一些普通衣裳改成，帽子用纸糊上，胡子用麻黏上，一条板凳权作了门灯这类琐事，都被认为是献身精神的真挚绽放，热情而美丽，即使感到表演幼稚浅薄乃至丑恶，让人大笑一场后仍然真实地感动起来，“因为社会的进步不是建立在狭小冷淡无所为的鹦鹉脑袋身上，而是建筑在蠢笨的牛和可笑的傻子们身上。”把民众比喻成蠢笨的“牛”和“傻子”，有点像说某人傻得可爱，显然与毛泽东认定小资产阶级才是些蠢笨的孺子牛的看法南辕北辙，在延安可能被扣上蔑视民众的帽子，可正是在这个朴素的起点上，萧军开始憎恶说风凉话的吹毛求疵者，指手画脚的取消论者，艰难地适应着毛泽东“牛论”所规定的人心改造方向。

探海取珠，须记住不要被海水湮没

一九四二年，萧军一度被排挤下放到延安附近的碾庄生活了四个月，真真切切地当起了农民，在碾庄他不但需要自己每天上山砍柴，还要到处向村民借粮度日。难怪他劳累一天后会在《日记》中写道，小资产阶级知识分子应该尝尝这味道，自己担水、烧饭、砍柴，再种上几垧地自给自足。他们要累得爬不起来，那美丽的田园思想、牛皮理论瞬间就会破灭。一粒米如何来之不易，将要被现实所验证了。又慨叹真正伟大的性格在劳动者中间，和他们接近，渐渐纯洁了自己的感情，更坚强了意志，洗净了虚浮不正的东西，甚至乡村女人也变得健康、愉快和美丽。他开始鄙夷那些不事生产装模作样的资产阶级、小资产阶级的女人，讥讽她们庸俗可憎。

在给林伯渠的一封信里，萧军承认自己身上有着许多“文人结习”和“逸民气”，很讨厌它们，也时时想克服，却又不是一下子就能根除掉。和朱德聊天，萧军能感觉到他身上充沛着宽厚纯真的现实主义，爱平庸不爱锋芒，爱实际不爱空谈。朱德主张作家应该写写短篇与通俗小说，给军人写小册子，讨厌卖弄才华的人，也不满那些不爱真实工作的人。面对这位善良有力单纯的长者，萧军突然感到自己太尖刻了，显得单薄年轻，轻飘飘的不够沉稳，甚至引起一种孩子要讨好父亲的感情。事后感到很羞耻，转念一想又觉不必如此矜持。

然而这种欣慕底层生活的亢奋情绪并没能维持多久，亭子间式的小资产阶级格调又重新附体上身，他形容自己的处境如在一个固定的游泳池里游着，感到了水底陈旧，地方狭小和无味，心情就像生活在破落、凄凉的小旅馆中，不是“家”，也不是工作的“窠”，只是在等待着旅行车。他还附和丁玲抱怨延安的窑洞又小又冷，俨然在坐土牢，双双唤醒了在上海生活的记忆，在那里，湿湿的下雨天好像都弥散着浪漫情调。此时的萧军要顽强坚守住艺术写作洁癖的念头占了上风，即使还不断声明须去最复杂、变动最快、斗争最尖锐、明暗度最显著的地方去，却也如下海取珠，以不为海水淹死为好。

在对敌斗争的严峻环境里，尽管“革命中是没有文学的，种地和打仗才是第一等重要”。同时萧军又不忘引用鲁迅的话说，好的文艺作品，向来多是不受别人命令，不顾到利害，自然而然地从心中流露的东西。可他又担心，这番话如果脱口说出，一定要被奉命写作的“流行的革命家”骂得狗血喷头。因此，对从事政治的人，虽然在理性上承认他们是对的，却觉得这群人身上具有功利性、诡辩性、狡猾性以及军人的杀伐性和无情性这些时代病症，在感情上总不能和他们融洽相处，只能保持距离。作为来自亭子间文人中的一员，萧军感觉表面似乎受到尊敬，却已经看出一些党人背后露出蔑视的牙齿，对他的态度似乎是在使用匠人。他不愿意像一个“士”，或像某个党派的“属员”被豢养起来，不想领导别人也不想被别人领导，总想着建立自己的精神王国，求得精神上的平等。延安的氛围看起来似乎很自由，但心情受到无形压抑后常感烦躁难耐。于是萧军决定，即使完全为了人或为了阶级之类，如果违背个人意志，也很难放弃为自己的那一点东西。

有一次萧军一起和劳模们开会，他感觉和淳厚的人民生活在一起，虽然身体接触无隔阂，甚至是愉快，但精神却是寂寞的，对认真为革命工作的人，在佩服和敬重之余，又觉得他们的仪表没有风度，言词像铅字一样不深刻、平板、无味，于是断定自己除了简单机械的生活外还有一个精神王国的存在。他自嘲说这就是我“不伟大”的地方罢，但我是甘心这种“不伟大”了。他有时深责自己在革命大潮下想法过于浪漫不切实际，却又憎恨平庸无趣，自称用艺术的眼睛来看一切，时常自我幻化为爱美爱辉煌的天才。

那么，文人应该如何看待政治家出于革命斗争策略的需要，对敌人使用诡诈欺骗之计呢？萧军和毛泽东聊天时曾触碰到这个敏感话题，毛泽东举例说陈独秀在历史上有功绩，但出于政治的考量就不能提他有功这一面，只能提及他错误的一面。正如周作人称赞日本的樱花好，日本文化什么都好，无论实际情况如何，都不能说好，因为他们是侵略者。樱花的美是艺术象征，同时也是政治象征，用政治的标尺一刀裁割下去，周作人终是脱不掉汉奸的罪名，尽管按亭子间文人的欣赏标准，周作人无疑拥有常人难及的高雅文化品位。

萧军从毛泽东的言论中懂得了政治上之所以不能讲真话的诡道理由。政治的评断不过是为了建立一种影响打倒另一种影响的手段，与真实无关，也就是鲁迅所说的“欺骗敌人的手段”，令人沮丧的是，这种手段的使用必须以牺牲艺术的个性为代价。萧军真诚希望中国共产党在丰富对敌斗争手段的同时，也向美的艺术方向进步发展，最好能做到平衡兼顾。在读了简又文的《太平天国杂记》后，他发表观感，断定当时的中共还浓厚地守着农民革命运动的自发性、保守性和自足性，仍维系着一套粗糙的经验主义思维，从另一面也可看出党正在引向一种科学、合理和美的方向，只不过需要通过不断斗争才能将历史杂质从自身转化中清洗出去。

针对中国落后的国民，对于市侩的机会主义、农民自得自发性的保守主义，乡愿的不求有功但求无过的消极怯懦的主义，有饭大家吃、“持众”“随龙”的尾巴主义，陈腐缺乏朝气的混混主义，萧军认识到此刻提倡“新英雄主义”仍是必要的。他打个比喻说，艺术家是一只“双脚规”，它站在“过去”与“未来”两个据点上，“现在”是在它们的胯下，因此被人们看得空虚、高远、辽阔。一个真正的艺术家两脚距离的度数越大，它们也越被轻视，越被看成无用。将永远不如一个事务家那般受到尊敬，这是一个艺术家必须承担的历史宿命。

这一天在延水河边，凝视着象征革命的延安宝塔倒映在水中，萧军总结出了自己性格发展的三个阶段：第一阶段为政治服务的热情所鼓动，不独忘了自己，也忘了艺术是什么，标志性的作品是小说《八月的乡村》，他自评这部小说太激情洋溢，在艺术性上大感不足。第二阶段更深沉地描写生活和社会现象，为抗战、文化亲自服务，为党内服务，这是半忘我、半记起艺术的时代。第三阶段将以智慧的方式生活。在这个阶段，艺术上将从革命的、浪漫主义、现实主义到达希腊式的古典主义，极力完成美的创造。在这个阶段，个体凸显出来，集体主义的时代要结束了，从此不再迷恋附庸于政治上的浅薄服务意识，以免堕落成艺术上的庸人，一时的政治有可能毁灭艺术的个性，这正是马列主义、鲁迅精神光辉精英的一面。萧军也预料到以远离政治的程度评估自身进步的方向所要承担的后果，因为愚民也许会用石头砸死先知，或者把他送上愚昧的十字架。

延安整风运动之后，思想改造自我反省的压力陡增，萧军追求纯艺术写作的愿望却反而越发强烈，他不断表示仍然真心想当一个疏散的作家，乐意做花果山上的猴头儿，却不愿到天上做弼马温，或者戴着金箍陪着那和尚去西天取经，以成正果。他经常看到，为了响应一种政治号召，有些作家知识分子渐渐失去一个为人的原则，忏悔自己的过错已经到了可怜可耻不可信乃至谄媚的地步。在萧军的视线里，“主随奴高”对上谄对下骄的风气正弥漫在革命队伍中，急需加以克服，否则中国革命难以健康地前进。

“黑点论”的由来与争议

用政治的刀子去随便解剖文艺作品的倾向是萧军所厌恶的。他怀疑，人物的阶级成分是否可以在作品中任意套用某类公式加以图解。亭子间艺术家在边区遭遇到的最大难题是，在主流光明环境里是否允许书写暴露缺点的作品，如果允许又应采取什么样的写法，再如桃色的东西该不该写，等等。萧军批评了两种极端做法，一种做法是只想围绕着政治和军事目的转悠，忙于党内地位的获得，忘了艺术自有的真谛，如鲁迅所言满口“战略—战略”，弄些狐狸似的小狡黠，充当文艺小政客；或者走向另一个极端，对政治一律冷淡憎恶，只知自我完成，采取不合作的个人艺术至上主义的态度。他认为，作为艺术家，在思想和行动上是可以和政治目标相协调的，但在艺术创作上不可能保持永久一致，也不该机械地保持一致。

一九四一年七月，周扬在《解放日报》上发表了《文学与生活漫谈》一文，最末一段的主题大意是说作家在延安不能创作不能怨环境，应该怨自己不接触生活，无法理解环境和把握环境是作家的无能。萧军批评这提法是对党外作家的一种侮辱，是一种阴毒挑战，是推脱责任的表现，立即发表读后感予以反驳。文中暗讽在延安不想吃肉的人恐怕只有包括像周扬同志一般拥有自己的小厨房，有时某机关请客经常有些外肉吃等等一类人。当时延安的作家共分五等，特等如茅盾，独拥小厨房、双窑洞和男女勤务员，开销不限，特等以下的津贴由十二元逐级往下递减。周扬大概属于特等的级别。除讽刺党内作家拥有特权外，这篇读后感主要集中讨论了“太阳中的黑点”如何处置的问题。

萧军的看法是，新社会中的人追求光明，创造光明，对“黑点”不会感受不到，却不会因有黑点而对光明起了动摇，从此不忍耐地工作。但如果说人一定得承认黑点合理化，不加憎恶，不加指责，甚至容忍和歌颂，这是没有道理之事，除非他本人是一个在光明里特别爱好黑点和追求黑点的人，这种人绝不是一个真正的光明追求者和创造者。针对周扬在“写什么”的问题上所提出的如下看法，“作家在这里写不出东西，生活和心情并不是唯一的，甚至也不是最重要的原因”，而是和“写什么”的问题有很大关系，萧军反驳说，只听说过作家为了“怎样写”或是“写得怎样”感到苦闷，很少听说有为“写什么”而哀叹的人。照他看来，作家写不出东西还是从“不是最重要的原因”，即从那些妨碍一个战士不能尽情作战的精神和物质上的原因中即如何消灭黑点上寻找解决办法。

边区能否为大后方来的艺术家提供良好的创作环境在某些党员作家中也有争议，丁玲就曾向毛泽东发过牢骚说在延安不能创作。毛泽东只承认丁玲说对了一半，并反问丁玲：如此说社会主义下面就不能有作家么？比方苏联。丁玲的回答是：苏联也还是大家正在研究着啊！意思是苏联作家尚不能作为延安作家的学习样板。

萧军在文艺与政治的关系上与毛泽东有过多次交谈，双方并没有达成一致意见，却总是努力想说服对方。萧军曾在日记里说，自己和毛泽东之间虽然表面上很接近，但每人都担心妨害彼此的尊严，他感觉毛比自己更加注意讲话分寸。在一封毛泽东写给萧军的信中，这种微妙的关系得到了验证。针对萧军自尊的态度，毛泽东小心翼翼地加以提醒，大意是说有些看法想对他直说，“又怕交浅言深，无益于你，反引起隔阂”，随后才开始委婉地提出批评：“延安有无数的坏现象，你对我说的都值得注意，都应改正。但我劝你同时注意自己方面某些毛病，不要绝对地看问题，要有耐心，要注意调理人我关系，要故意地强制地省察自己的弱点，方有出路，方能‘安心立命’。否则天天不安心，痛苦甚大。”细品毛泽东话中之味，大致与周扬如何对待黑点的观点如出一辙，涉及的仍是艺术家怎样进行思想改造的话题，只不过表达得相当委婉含蓄。读完此信萧军也承认自己身上一直存在着“居心正大容易，处世从容太难”的毛病。

毛泽东提醒萧军注意自身弱点的话与周扬对黑点论的批评并无太大差异，只不过表述的方式不同。在毛泽东看来，一个人再纯洁，不经过锻炼还是不可靠，社会条件决定一切。这个想法让萧军很不适应，若是换了别人，在毛泽东的耐心规劝下，难免会生出邀功竞宠的感恩谄媚之心，痛下决心好好反省自己，可萧军偏偏觉得这样做好像下意识地成了帮闲文人，反而渐渐冷却了这份可笑的虚荣心。

其实早在《讲话》发表前的一九三九年，毛泽东就曾从“有用”的角度把萧军这帮来自大后方的作家当作了改造对象，觉得“应该好好地教育他们，带领他们在长期斗争中逐渐克服他们的弱点，使他们革命化和群众化”。这个过程显然是单向进行的，有点像在熔炉里锻造淬炼不合格的材料，不存在也不允许构成平等的双向对话关系，特别是经过后来的整风运动，这套“熔炉论”日渐成熟，逐渐演变成一种对亭子间艺术家的硬性要求。不久以后，在《五四运动》和《青年运动的方向》这两篇文章中，毛泽东更是明确地指出，是否和工农民众相结合，是革命的或不革命的或反革命的知识分子的最后分界。在《整顿党的作风》这篇文章中，毛泽东强制规定了世界上只有两门知识：一门叫作生产斗争的知识，一门叫作阶级斗争的知识，除此绝无其他。具体可表述成：世界上只有实用的科学和实用的政治学两门学问。满脑子书本知识的艺术家要变为名副其实的知识分子，唯一的办法就是参加到实际工作中去，变为实际工作者，这样一来，那些充满想象的文学史学等人文知识，特别是那些貌似玄谈的感觉式学问，由于无法证明“有用”，难以符合从客观世界抽取出来又能在实际需要中得到证明的政治标准，自然会被摒弃一边，失去了地位。这在充满艺术想象的亭子间文人们看来，极容易堕入传统的“经验主义”。

更为关键的是，毛泽东强调“学习工农兵”并在他们中间才能得到提高的命题，彻底颠覆了“五四”以来都市知识分子建立起来的启蒙传统，这批知识人大多受到西学的熏陶，希图完成把旧中国特别是旧乡村从落后萧索的状态中拯救出来的光荣使命。然而在边区的火热政治斗争氛围里，这个现代化的启蒙命题完全被颠倒了过来，满腿泥巴一脚牛屎的农民思想是否应该提高完全不是问题，民众已经扮演了未来生活指导者的角色，他们的言行洁净无比，几乎没有瑕疵。原来被拯救被教化的人民大众一变而为广大城市知识分子的言行导师。毛泽东就曾间接地批评鲁迅的"农民观"，说他被"时代的身体限制了，所以他只能写出中国农民在太平时代的一面"。言外之意是鲁迅由于缺乏底层生活经验，难以反映出革命时代动员起来的民众运动的新面貌，因为"农民的缺点有时会变成反对物"。至此，所谓黑点论的问题在政治的大是大非面前自然消失得无影无踪。

面对加速变化的时局，萧军显然并没有做好充分的心理准备，还沉溺在过度浪漫和理想的未来规划之中。他乐观地预测文艺上以阶级斗争为主的作品已经在走着下坡路，革命文艺正在向纯艺术的路上迈进。中国文艺的大突进一面要达成革命的任务，一面还要达到纯艺术的水准。未来的中国文艺应该杂糅进自由健康独立的希腊时代精神，沉潜有力的俄国灵魂，多变、高洁又具弦外之音的中国生活格调，清新、精炼、巧妙的法国手法，意大利西班牙式的热情，吉卜赛的潇洒，加上机械化与材料丰富的美式风格。与之相反，过于实际的生活会对美造成毁灭性的打击。在过度浓厚的政治氛围里，他感到浑身不自在，他不是一般性地认为边区政治冲动所酝酿释放出的激情是有害的，却本能地反感展览会上故意夸张放大地悬挂列宁、斯大林画像，他看不惯开会时三五个人在一起嘁嘁喳喳，“每个人全像一只狗似的嗅着另外一个人的伤痕，残酷地挑剔着”，却又觉得这似乎是必要的，不能像个书呆子一样搞浅薄的温情主义。在参加纪念抗战七七大会时，在如海啸般刮起的口号声中，他的情绪复杂混乱，兴奋、感动、焦躁、消沉、蔑视、绝望、厌倦种种心绪一拥齐上，像打碎了调味瓶。

他自述这种心态说，“这是个人与集体的冲突，感情与理性的冲突”，感叹“个人的东西太强了”。他形容自己如囚禁在湖床里的水，平静、激荡、消沉并存，渴望着冲破这不愉快的河床，不像别人那般在里面待得平安自在。当时正值整风运动最鼎沸的时刻，萧军承认整风对于凝聚党内共识起着正面作用，也联想到政治手段的诡谲多变是进行对敌斗争的必经阶段，却忍受不了每次会议几乎每一句话全要用群众掌声做标点符号的形式主义。一九四三年的七夕，他在日记中写道，照故事传说应该落雨，因为牛郎织女见面总要哭一场，大概玉皇大帝也在审查干部，所以也禁止过七夕节了。

艺术与政治行为的截然区分，使得艺术无法适应政治对利益精赤条条的露骨追求。在萧军看来，艺术家应该学项羽，不以成败论英雄，而不该学刘邦。项羽事业失败，性格上却成就了一位真英雄，刘邦的路是没什么趣味的。在与毛泽东为数不多的几次谈话中，有一次最能凸显出两人在做人曲直上的根本分歧。毛泽东以黄河为比喻，萧军以打西洋拳为比喻，分别陈述自己的做人主张，毛的做人观点是只要达到目的，就可适时弯曲些，萧军主张在不必要弯曲时，要争取空间和时间，应采不必弯曲的态度。也许正因为在人生选择的差异上最终无法协调统一，两人的关系日渐疏远。当抗战胜利后萧军离开延安时，政治全面支配艺术的大趋向已经势不可挡，变成了一股吞噬一切的洪流，也喻示着萧军未来必然步入命运多舛的轨道。

“革命”与“反革命”

“与其做一个不生不死，半生半死一年无事的闲人，正不如做一个整年寻死没路的忙人。”这是沈定一在一九二二年写的一首诗《死》里面的诗句。沈定一是个怪人，怪就怪在无法断定他是“好人”还是“坏人”。沈定一活着的时间并不长，却是个“忙人”，忙着做出各种不可思议的怪事，他当过晚清的县长却胆敢鞭打巡抚的父亲；他是地主之子，却忙着在家乡发动农民抗租，等于砸了自家的饭碗。他跑到上海当诗人，一时心血来潮发起组织了最早的共产主义小组，不久却又摇身一变成了国民党浙江杭州党部的要员，直忙到被人暗杀在家乡的路上。他一生做事总是逆流而行，一反常态，身份诡谲难辨，无法归类。

民国初年，像沈定一这样忙活不停的怪人还真有不少。他们大都遵奉“与其闲死不如忙死”的人生信条，但“忙”什么和怎样“忙”却是大有讲究。让人艳羡的是，当年这些“忙人”可以瞎忙乱忙，可以悠游无求，没人管着你说应该忙什么不该忙什么，或干脆整天闲着没事干打发无聊时间也没觉得有什么不妥。民国初立，万象更新，皇帝倒了，溥仪这小家伙腾出的位子如何填补还没着落，满街都是“闲人”，大家抡开了撒野放肆，正落得个逍遥自在。与“闲人”的自由相比，闹革命或反革命的“忙人”们也在琢磨着能否折腾出些新花样。如任公组了一阵新党，乱忙了一阵又觉得国会里武人当道，文人龌龊，于是跑去给自己的学生蔡锷当参谋，干起了他当年反对的“革命”来，想灭掉袁世凯的皇帝梦，参谋当然只是客串，等新皇帝倒了，学生死了，任公腻烦了政治，干脆躲到清华当起了教书先生。

那时生活选择相对多样化，文人政客们忙里偷闲，闲中有忙，各得其所，身份可以不重样地变来变去。民国早期到“五四”以后的若干年，无论是激进的革命党、温和的政客，还是悠闲的文人、强横的武夫还似乎都有选择闲适还是不闲适的自由，尽管大家都很忙，但忙的目的和内容不那么单一，也不那么一致。可是到了上个世纪三十年代以后，不但闲人容易背上慵懒落后的骂名，连应该忙什么也被统一规划好了，只有一种忙才是最正当的，那就是“革命”。

忙人一旦全闹起革命来，对闲人的评价就会越来越低，闲适是可耻的，因为凡是忙死或累死的人，大多与革命脱不了干系。与之相反，凡是以优雅俊逸成名者，往往是革命的对象，或最终沦落为帮闲分子的下场。

一九二八年，朱自清写了一篇《那里走》的文章，代表一批城市青年宣判了闲适人群的灭亡。文章说，在十年以前，时代的界限是很难划出的，以一九二八年为界，逐渐可以清晰地看出时代发展的三个步骤：从自我的解放到国家的解放，从国家的解放到 Class Struggle（阶级斗争）。“在第一步骤里，我们要的是解放，有的是自由，做的是学理的研究；在第二，第三步骤里，我们要的是革命，有的是专制的党，做的是军事行动及党纲、主义的宣传。这两种精神的差异，也许就是理想与实际的差异。”他接着分析说，“在解放的时期，我们所发见的是个人价值。我们诅咒家庭，诅咒社会，要将个人抬在一切的上面，作宇宙的中心。我们说，个人是一切评价的标准；认清了这标准，我们要重新评定一切传统的价值。这时是文学、哲学全盛的日子……在这革命的时期，一切的价值都归于实际的行动；军士们的枪，宣传部的笔和舌，做了两个急先锋……在理论上，不独政治，军事是党所该管；你一切的生活，也都该党化。党的律是铁律，除遵守与服从外，不能说半个‘不’字，个人——自我——是渺小的；在党的范围内发展，是认可的，在党的范围外，便是所谓‘浪漫’了。这足以妨碍工作，为党所不能容忍。几年前，‘浪漫’是一个好名字，现在它的意义却只剩下了讽刺与诅咒……现在是紧急的时期，用不着这种不紧急的东西。持续的，强韧的，有组织的工作，在理知的权威领导之下，向前进行，这是今日的教义。党便是这种理知的权威之具体化。党所要求于个人的是牺牲，是无条件的牺牲。一个人得按着党的方式而生活，想自出心裁，是不行的。”（朱自清《那里走》，《朱自清全集》第四卷，江苏教育出版社，一九九〇年。）这段文字勾勒出了时局变化如何摧毁了五四青年自我发展的玫瑰梦，完全可以视为一种刻骨铭心的个人体验。

在革命的忙人面前，不但闲适的文人自惭形秽，就是学院里的教师也会自贬自贱，如《青春之歌》里那始终一脸土灰色的余永泽，一旦遇到我党阳光大美男卢嘉川，尽管自己满腹经纶，贵为胡适之弟子，也照样掩饰不住一袭长衫之下的满脸猥琐相，虽然这副窘态毕竟是后人恶意丑化的结果，终归还是反映出时人对忙人表达出了怎样的倾慕态度。闲人与作为革命者代名词的忙人相互对峙，界线由此变得分明起来，明晰到如同夜与昼，黑与白。

因自小所受的宣传教育，我们现在对革命的记忆大多是正面的，即使革命的狂欢轻则是若干激进青年发泄无聊的游戏，重则是打砸抢的暴力施虐，我们还是从心底渴望那叛逆般的无畏能挑破生活的孤寂，革命的魅惑是与广场上漫天飞舞的旗帜、噪嚷疯癫的劲歌狂吼、扭曲变形的狰狞面孔与声嘶力竭的仇恨表白贴合在一起的。革命者的极致形象说远了就是一帮满脑门子要打碎旧世界的群氓，说近了就如一伙执意要殴杀父辈的愤怒青年。

“革命”在晚清文人的字典里并不是个好词，革命会被当作脱缰乱奔的魔兽，放出来极易伤人，所以任公用了一个“骇”字形容革命到来时的恐惧心理。他在一九〇二年说过，不害怕革命的恐怕千而得一！与革命风潮刮起时的狂乱不羁相比，改良缓进才是闲适优雅的行为艺术，值得一试再试。可是辛亥以后，革命避无可避，人人都像打了鸡血，在街上横冲直撞，玩起了广场政治。随着历史车轮的滚动逐渐加速，以革命的名义忙起来的人们越来越多，闲人们或者变成忙人，想当看客而不得；或者干脆被甩出革命车轮之外，碾压得没了踪影。

古人常讲“名正则言顺”，就是先要给自己的行为和立场一个合理的说法，做起事来才会感到心安理得。古人还有一种人生经验叫“循名责实”，意思是按照自己设想好的名目，去尽量求得事实与之相符。这道理看上去像是一段好经文，可一旦好经被念歪，就会遗患无穷，尤其是革命道理一旦被歪批放大肆意曲解，人们的好日子也就到头了。因为在愤青们看来，在革命的名义下做任何事都是合理的，否则统统都有犯罪的嫌疑，革命就是那个不能质疑必须遵守的名分。大家在日常生活中要时时提醒自己是否已经遵照革命的名分去说话行事。

革命自从变成了一个名词以后，它就会硬性规定所有忙人还是闲人的行为逻辑，这条锁链把那些习惯放浪形骸的忙人脖子箍得越来越紧，强行把他们拉到同一个轨道里来。

革命成了名词之后永远具有排他性，无论是闲人还是忙人，站队时必须选择“左”还是“右”的一方，在党派类别上或者是国民党，或者是共产党，最极端的例子则是革命或者是反革命，没有中间状态存在的余地。

人们起初半信半疑，后来开始相信，革命一词拥有了一种正名的魔力，它释放出来的能量可以荡涤掉所有生活中的杂质，做到玉宇澄清万里埃，使分散在所有角落里的人们归拢到一面旗帜之下，唱起同一首歌。而且一唱就是几十年，因为革命只负责定下一个单一初始的调子，谱出同一首曲子。以革命的名义上演的一场最著名的悲喜剧就是强制划分阶级。

在我有限的人生经验里，中国有没有像西方那样边界分明的阶级本来就见仁见智，根本没办法说清楚。只是出于革命需要，地主与农民的阶级对立身份被迅速设计出来，就如演戏事先得有脚本，阶级斗争就像那预先设定的神圣之“名”，与历史真实是否有关全不重要，重要的是按照这个名分去闹土改，就会把穷人动员起来。尽管在老乡们的眼界里，这身份朦胧的地主阶级也许就是自家的邻居，甚至有远房的亲戚，未必都是坏人，然而在革命风暴下，只要能改造人心鼓动愤怒，坏人是可以制造出来的。按照这个逻辑，土改中斗地主就闹出不少笑话，例如那些本应该自觉起来愤怒声讨的革命者，却在群众批斗会上表现得羞羞答答，竟然觉得这地主本是乡里乡亲，站在台上怎么也张不开那张谩骂控诉的嘴，还不知不觉说出了地主做过的不少善事，急得工作组赶紧把他拉下台去连夜整训。第二天，这老实巴交说实话的农民貌似一夜之间脱胎换骨，开始声泪俱下地诉说地主的恶行，最终激发了台下广大民众的斗争热情。

这台控诉会就像一个蹩脚的导演临时排练一出实验话剧，脚本现演现改，与剧外的真实世界无关。新中国成立以后，地主基本上被斗光了，没了控诉对象，就如导演手里没了剧本，演员表演没了台词，照理总该歇歇了。不料，革命的新对象又被创造出来，名曰“走资派”，一大批反面演员又被推向了前台，革命控诉的大幕重启，新的胡闹演出又开始了。

如果要追根溯源，革命这套剧本的编纂应该起源于反革命罪的认定，革命与反革命就像一对双胞胎同时降生。据学者王奇生考证，当年北伐革命军兵锋直逼武汉，北洋吴佩孚守将刘玉春、陈嘉谟孤军死守，相持四十多天才城破被俘。革命党在罪名判决上始终犹豫难定。最初的舆论焦点集聚在南人与北人的利益之争上，居于北方的鄂籍商人怕影响生意，主张轻判。上海的鄂籍商人则要求严惩，结果以人民公审的形式才了结此案。公审模式明显受苏俄影响，强调“党化”“民众化”“革命化”，不按民主司法独立的形式展开。公审的难题是罪名到底如何拟定，最终专门为此制定了一个《反革命罪条例》作为审判依据，这意味着反革命由一个谴责性的政治身份升格为一种严厉的刑事罪名。（参见王奇生：《革命与反革命：社会文化视野下的民国政治》）原来反革命只是在舆论上对一个人的政治态度进行贬斥，现在却成为拘禁、关押和审判处死的理由。谁脸上被贴上这三个字，谁的一生就万劫不复，不单人格尽失，而且终身受辱，成为贱民。

由此可知，用革命还是反革命作为区分政治态度的标准，就如循名责实过了头，只能离事实越来越远，害人也越来越烈。为防止类似的悲剧发生，我们还是尽量去求实求真，不要总是习惯编造些时髦名目去骗人吧。

人性光谱的灰色地带

少时看电影《青春之歌》，印象最深的是扮演林道静的演员谢芳眉目清秀，老是围个红色围脖，典型一副五四女青年的模样，林道静丈夫余永泽由名演员于是之扮演，扮相猥琐冷漠，与谢芳的俊俏形象形成了极大反差。电影更突出的当然是吾党地下英雄卢嘉川，由小鲜肉康泰饰演。现在回想起来，导演的偏爱太过明显，聚光灯打出的光线装饰感特强，总是恰到好处地映照出谢芳的清丽可人，再反衬出于是之那张如僵尸般沉郁的脸。于是之是话剧皇帝，他的表演把余永泽的自私冷酷拿捏得人见人恨。有一场戏说的是卢嘉川被追捕得走投无路，躲到林道静家，遭余永泽慢待冷遇，无奈跑到大街上，最后让特务逮去，丈夫冷漠美人伤心，自然成全了一段革命的三角恋。

现在看来，余永泽是胡适之的弟子，标准的宅男，人老实好读书，林道静应该庆幸这场婚姻算是赌对了，至少嫁了个会体贴能挣钱的暖男。岂料导演不这么看，余永泽只做学问不想革命，完全是个被胡适附体的书呆子，无疑要归到落后分子之列，当年胡博士有句名言叫“多研究些问题，少谈些主义”，这话没什么错，却得罪了革命党，被骂是懦夫，他们觉得光当宅男，未免窝囊，太没激情。于是，极富革命煽动性的卢帅哥自然俘获了青葱少女之芳心。

有意思的是，于是之逝世，有一篇回忆他晚年的文章，说于是之曾认为自己塑造的余永泽并不成功。文章分析比较了小说和电影对余永泽形象的不同处理，发现两者确有差别。小说中的余先生远没这般猥琐小气，余永泽与卢嘉川在家中遭遇时也并没有表现出要赶走他的意思，电影里的对话却夸张余的漠然无情，话赶话地把卢给逼走了。于是之大概是觉得这段表演有些过火，歪曲了小说的原意，有过度丑化的嫌疑。其实于大师大可不必如此自责，那时代按政治标准突出英雄，反派丑角一定不是相貌丑陋就是心理变态。观众也习惯采取极端思维，觉得林小姐就应该移情别恋，嫁给荷尔蒙到处奔泻的浪漫革命家。

可是换个思路又觉得，于大师的晚年自省是有来头的，这几年风向转了，余永泽的老师胡适之火了，当今虽有自由主义和新左派在文坛上掐得死去活来，大家忽然还是觉得谈主义空洞，讲问题实在，于是胡博士与一帮好谈“问题”的学者被从尘封的记忆中开棺挖出，金身再塑，变成了学术庙堂里的大神罗汉供人膜拜。所谓“民国范儿”，大体都是余永泽的模样，长衫拖地，满口学问，谦和儒雅，早没了在电影里扮丑卖乖时的呆傻匠气。历史圣殿里那隐在缥缈帐幔背后的学人图像和已经登堂入室的革命者肖像恰巧挂在了两头，圣殿中间却留出一面墙壁。就如光谱的两边，黑白分明，光芒耀眼，中间却成了空白。

从常识上感觉，人性跳跃激荡的时刻毕竟是短暂的，如果把沉静在乱世中的避世态度看作不可救药地叛变，那么我相信大多数人会选择沉默。或者仅以是否激烈反抗作为辨分忠奸的标尺，我想那会误伤更多的凡人。英雄在哪个年代都是稀缺动物。看了太多的革命电影，我们似乎已经很习惯，人人都活像打了鸡血的激情斗士，四处寻衅斗殴，好像那才是正常活法，没想到银幕上进行的恰是人性变态的表演，仿佛历史就是由这样的人群组装而成，静谧沉默的人生被贬低成懦夫的苟且，是不值得度过的。人性的光谱就这样缩编成了单调的两极，那属于最大多数也最复杂最有趣的中间样态被遗漏得一干二净。那么，光谱的中间地带到底是什么颜色呢?

于是之的晚年醒悟，倒是提醒我们，即使把人使劲往坏了写，也要注意他在场时的基本人性逻辑。为此于是之应该感到骄傲，在那几无自由创作缝隙的年代里，他还是演绎出了余永泽身上那股凡人的逻辑。他持有不那么张扬激进的主义，信奉沉潜入微的治学态度，也不时打点自私的小算盘，相信言语的价值不亚于行动。这批人其实才是民国初年文人的主体。

读二十世纪的文人史，有时觉得他们特有傲骨，有时又觉得他们太装，一到关键时刻不是自恋不停就是绷不住架子破罐破摔趋炎附势。曾看到一则柳亚子的逸事，说新中国刚成立那阵儿，柳亚子暂住颐和园内，自以为以名士姿态为中共说过几句好话，自然会被另眼高看，破格对待，没想到却久久等不到毛泽东亲自登门造访的音讯，自然郁闷非常，甚至为泄愤抽打警卫人员耳光，口口声声说毛主席曾答应把颐和园赏给他单独居住、可毛主席偏不出现，等他憋闷够了，才派周恩来带首诗过去，诗云："莫道昆明池水浅，风物长宜放眼量。"明眼人都看得出来这是骂他心眼太小，话里夹枪带棒，着实把这位大名士羞辱了一番。读罢这段逸事，我对南社柳大诗人当年表现出傲岸不羁的钦佩顿时荡然无存，却又觉这类文人被错放在英雄光谱一极，如今给踢到中间地带变成灰白颜色那才算正常，我们应该感谢这些另类的回忆者，否则柳大诗人傲岸的高大形象不知还会糊弄多少人。

不过仔细一想，这也许正是人性的常态，那种慷慨为主义赴死或极尽糟蹋自己生怕成不了坏人的情形，大多是极端个别的例子。相反，那些忍辱存活平庸度世的人物，才是多面和复杂的，与英雄闪亮出场彰扬出的一派崇高伟岸相比，未必就显得没有尊严。

处在光谱中间的鲜活人物被忽略，是因为他们不符合剪裁好的时尚标准。就拿对日战争中的群像光谱来说，大家关注的不是那几位抗日英雄，如谢晋元、张自忠、薛岳，就是那几个日伪汉奸，像汪精卫、周佛海、陈公博之流，他们构成谱系的两极，除了这些名人，恐怕同样有趣的是那些身份模糊、观点暧昧的人群。

从当代人的眼光看，战争的正义与非正义一目了然，界线分明。关键在于个人介入的形式是否只有激情抵抗与卖身投靠这两种选择？最近读到傅葆石的著作，就多少回答了我的疑问。这本书研究日据时期“孤岛”上海知识分子的生活态度。在一般人眼里，只要是留在上海日据区，即使不属附逆变节之辈，也是一帮立场动摇的不抵抗分子，应该划归人性光谱的阴暗一极。实际上，沉默的隐忍也许是更加困难决绝的选择。就如王统照所说，上海已成“牢城”“死城”，如果只采取以暴易暴的复仇抗争，表面热闹却未必有效，一切民族主义的行动都如冤鬼的争斗，是浅层次的救赎，达不到内心的升华，个人内在生命的修养比个别的抗议姿态更能持久。

“孤岛”中的知识人有自己的信念和生活节奏，面对日人的侵略也有特别的抵抗姿态，大多有模仿清初遗民的痕迹，如有口号明说要“为良心，为民族，做一个隐士”，同时也难免招来激进分子要“扫除遗民气”的谩骂。“孤岛”作家作品中多有隐士和妓女，个个有情有义，清初遗民用逃居佛门、拒绝当官作抵抗姿态，妓女则以和抗清名士的缠绵情感折射守节的理想。王统照小说《华鹤亭》写朱老仙之死就活像一个清初守节士人的翻版，他先以诗词自娱避世，当有留学背景的儿子做了伪官，朱老仙毅然选择了自杀。在另一篇小说《双清》中，歌女爱上了一个革命者，没想到这位革命青年又背叛了她，不由让人想起《桃花扇》里的李香君和侯朝宗。在这篇小说里，歌女变成了“孤岛”文人的化身，忍辱坚定，其持久苦熬的守节定力并不亚于那些高喊口号打打杀杀的激进战士，最后倒反而是某些革命同志经不起考验，轻易放弃了自己的目标和理想。

“孤岛”中最吸引眼球的是一批身份模糊、观点犹疑、两边投机大捞好处的人，书中曾提及一个名叫蔡钓徒的报人，某一天被发现脑袋挂在法租界法院附近的电线杆上，引起成千上万人的围观。乍一看此情景，心中会肃然起敬，以为是某个抗日志士又被惨杀。可是再查核蔡钓徒的身份，发现原来只是个报界流氓，他主持的《社会夜报》常常信口开河，上海人叫它“野鸡报”，蔡钓徒整天和歹徒混在一起，为博人眼球，《社会夜报》每晚都刊登耸动视听的虚假新闻，一会儿说上海名流私通敌人，一会儿又说日军大败，让人无法分清哪是真实哪是杜撰。据熟悉上海掌故的陈存仁医生回忆，蔡钓徒是个“两面光”的投机家，一方面从日本人那儿拿到大笔津贴，在租界叫卖的报纸上面，凡是使用红标题的新闻都是骂日本人的，另外再印一批报纸也是用红色标题，却大捧日军，每天派人送往虹口报销。一次蔡钓徒到妓院玩得昏天黑地，忘了给虹口送报，日本人等不及，从租界买了几份回来，事情终于露馅。日人找了一批流氓，用车把蔡钓徒拉到江湾体育路，叫他自己挖了一个深坑，流氓们把泥土倾倒下去埋了身子，等他断了气，把头割下来浸在浴缸中，到血液流清之后，面孔又白又胖地挂在电线杆上示众。

蔡钓徒的言行无疑属于人性光谱的中间地带，这类人恐怕与那些孤独的隐士、过着凡庸生活的平民一样，占去了“孤岛”人群的大多数。如果按照严苛的守节标准，他们身上似乎都有瑕疵。说到此，我还想到应该有一个标准谁来定、节操为谁守的问题需要澄清。

当年乾隆皇帝命史馆设《贰臣传》，就是专门记录一生服务两朝的高官事迹，等于预先给他们加盖了一封道德审判的皇印，只要一入此传，不管你曾为清朝卖了多少命，流了多少血，有多大的功劳，都将成为终身无法洗刷的污点。乾隆爷反而大夸那些誓死和清廷血拼到底的敌人，如南明扬州督师史可法，甚至褒扬与金人势不两立的岳飞元帅，又是立庙又是祭祀，令降清之人好不心寒，都觉得乾隆爷太不厚道，自己流血流汗为大清卖命，到头来还不如那帮反清逆子能留个传世英名。

乾隆爷的意思很明白，只要做了我朝的官就是皇帝的人，不忠就是不义，你是明朝的人，就应该殉死前朝，哪怕你是我的对手，给我造成了那么大的麻烦，衡量忠奸的标准只有一个，那就是死心塌地效忠当家皇帝的程度。所以拼死抵抗的史可法被捧上天，开门纳降又密谋反清的钱谦益却被看作首鼠两端，打入历史的污名册一点也不冤枉。可见，在乾隆爷的脑子里也有一个两极的人性光谱，那就是忠还是不忠，臣子们脑袋上都贴了标签，分处两极，各自站队，泾渭分明。可是如果我们也把这枚金箍真当个桂冠洋洋得意地戴在自己头上，或者爱屋及乌，自作多情，拿着这顶帽子四处找人，强行试用，老觉得拒戴此冠者必是恶人，则大可不必。在我看来，大街上还是少点戴这类帽子的人，日常生活才显得正常、多样和有趣。

“呆子治国论”错在哪儿？

《儒林外史》有一段胡屠户打女婿的故事，说老童生范进考了二十多年的科举，五十四岁才中了举人，没承想，一看到报帖就乐迷了心窍，一跤跌倒，不省人事，被几口开水灌醒过来，傻笑着往外飞奔，一脚踹进池塘里头发跌散，两脚黄泥，淋淋漓漓淌着一身水，拍着笑着一路走到集上去了。到集上一个庙前已是满脸污泥，鞋都跑掉一只，嘴里径自叫着“中了”，众人一看劝不住，赶紧把他杀猪的老丈人胡屠户叫来，胡屠户凶神般走到跟前说道：“该死的畜生！你中了什么？”一巴掌扇过去顿时打晕，众邻居替范进抹胸捶背，舞了半天，方才苏醒，等他眼睛明亮起来，胡屠户却觉手掌生疼，向上弯曲，心里懊恼，觉得天上文曲星果然打不得，而今菩萨计较起来了。

这番话细说胡屠户打了“文曲星”，好像一副知罪的样子，可这范进看上去哪里有半点文曲星的影子。这出“屠夫打贵人”的桥段因为最夺人眼球，被刻意从小说中截出，硬生生插入当代中学课本，目的当然不是讲一个乡间俗人的励志故事，控诉科举的虐人灭性才是背后的真意。

就这样，范进作为戏谑对象，不知成了多少人少年时代提神醒脑的愉快记忆。在人们的眼中，考科举如吸毒，沉溺惯了无论是轻飘空中还是横行陆地，结局不外变成疯人或者傻子。在胡屠户眼中，呆坐屋里的那厮平时就会摇头晃脑，呻吟出点无用的蠢话，纯粹就是找抽。

科举使人精神不正常的印象大约源自后世对宋人的评论，宋代文人受宠骄纵远过于武人，他们整天就喜静坐发呆，无所事事，如果谁看见某人心事重重打蔫愣神，一定是在苦心琢磨那个看不见摸不着的“道”或是“理”。他们穿戴尖顶峨冠的服饰，说话云山雾罩，行为乖僻不群。他们逢人鞠躬，姿势缓慢低深，据说某个道学大师的门人见到宾客还使用一种奇特的敬礼方式。谁承想，这帮常人眼中羞与人来往的偏执狂后来竟堂皇入室，他们的怪言怪语被编进考题，成了官学考生必须死记硬背的教条。有趣的是，怪人们大多闲散淡雅不愿做官，如道学掌门朱熹勉强干了十几年的地方小官，在朝廷内只待了四十几天就不耐烦了。可他编订的《四书集注》却成了普天之下应试文人必读必考的“圣经”。

在人们的想象中，既然宋代文人都是一帮呆子，平常束手闲心到处游逛，写出满篇的疯话呆话，那满脑子只记住这些疯话呆话的“范进们”就难免染上一些举止乖张的坏毛病，所以胡屠户这一巴掌扇过去只能权充一阵临时治病的解药，不可能巴掌一直扇，从根子上救治那些坏了脑子的考生。更为可怕的是，如果满朝任由这些呆子颐指气使地瞎闹下去，武人又劝不住管不着，岂不是大宋以后就是个疯人横行的世界吗？那还成何体统？

这种“呆子治国论”在近代尤其流行，它的核心观点可以概括如下：无论是皇上还是官僚，都坚决从前朝（主要是宋朝）呆子语录中琢磨管理王朝的经验，管理的支柱是无休无止的道德训诫，管理的方法是文牍往来。道德说教至高无上，不仅能指导行政，而且能代替行政，皇上同样要以身作则，不停忍受呆子们枯燥无味的讲经布道，尽管经筵仪式繁冗无趣，讲官们唠唠叨叨，催人哈欠连天昏昏欲睡，皇上也要装出聚精会神庄重听讲的乖巧模样。

“呆子治国论”遭受抨击的一个重要理由是，太依赖人性善良的一面，因为人性多样复杂难测，一般没法预料谁最有道德，谁又能一定当上好人，即使假设人人天性温良，有做善事当雷锋的潜能，也无法测知在何时何地能最大程度地发挥出好人的一面。有一个笨办法是持续不断地灌输教化，慢慢让广大人民群众对善人当道充满信心，可一旦“公义”与“私利”之间出现冲突，常人有了私心，却又一贯被要求扛着道德招牌招摇过市，那就难免显得虚伪可憎，长此以往，极易训练出言行不一阳奉阴违的小人。加上无可靠法律契约做保证，管理中的技术含量太低，即便朝中官员个个好心，指天发誓拼命向善，也不能弥补制度运行的不足。

解决这个问题的办法好像只有一种，那就是把这帮呆子统统放逐到民间，让他们过过当文人骚客的瘾也就罢了，朝廷里剩下的都是单纯质朴雷厉风行的能吏，全靠法律架构起冷冰冰的制度程序，这样一来效率陡增让人放心。

尽管胡屠户痛扁中举呆子早已变成控诉旧社会黑暗的习惯套路，尽管科举考场早已被嘲弄成无聊文人尸位素餐混迹其中的是非之地。我还是要说，人性无常中西皆有，却最好不宜做“道德”与“制度”决然二分的割裂判断，好像中国人天生只会“以德治国”，庸陋不堪，完全不懂法律运转的奥妙，西人一生下来就理所当然拥有一条生活在“法治国家”的好命。法律、制度、道德、礼仪都是通过人来操控的，道德并非只有一张令人窒息的丑陋面孔。

我的看法是，科举制是呆子生产线，明清全由呆子治理的说法肯定令人生疑。就拿清朝来说，试想，一个到乾隆时期人口已达三个亿的帝国，如果全凭一个呆子皇帝或者一帮满嘴胡说的庸吏操控着将是个什么模样？至少我们应该承认，在明清两朝，科举制可能生产呆子，却也丝毫不差地输出能吏人精。《儒林外史》中就有这样的故事，范进的恩师周学道发现童生魏好古用诗词歌赋来搪塞考官，遂变了脸道：“当今天子重文章，足下何须讲汉唐，像你做童生的人，只该用心做文章，那些杂览，学他做什么！看你这样务名不务实，那正务自然荒废，都是些粗心浮气的话，看不得了。”这是科举选拔远离纯文雅装逼范儿的小例子。“杂览”在这里特指诗词歌赋。一般明清官场上对同科中卖骚作秀的文人同样也不感冒，张居正就对同时考取的文人王世贞那股只会卖弄文采的酸腐气十分反感，故意抑制他的升迁。

表面上看，有意阻断诗赋骚人的上升之路未必就能撇清科举出产呆子的恶名，恢复它的清誉，因为参加考试的童生们都要戴上理学这顶大帽子四处闲逛，脖子被压疼了不免憔悴伤神，牢骚满腹，稍感不爽就纷纷生出理学杀人的怨念。翻阅清代官员的文集，也都是套话连篇，满纸冠冕堂皇的理学说教，开口闭口全是道学圣人的语录，个个活像迂腐的老学究。其实这都是在“装”，就像领导作报告喜欢穿鞋戴帽，当不得真的。

我们可以举出清朝封疆大吏陈宏谋做个例子，用来戳破“呆子治国论”的荒唐。陈氏在历史上常被硬性站队，归到最坚定的理学弟子一边，甚至当乾隆爷大倡考据之风，恢复汉家威仪的时候，他却满嘴言必称朱熹，似乎是个不折不扣的腐儒。不过我们千万不要被他那谦恭呆滞的姿态给蒙住了，陈氏的许多言论完全与朱熹的教导南辕北辙，此话怎讲？仅举一例，在宋朝，像朱熹这类道学先生都爱大谈特谈“夷夏之别”，意思是汉人与周边的少数民族相比具有绝对的文化优势，环拱在周围的族群都似未开化的禽兽，只有老老实实接受管制的份儿，别指望还有脱胎换骨进入文明世界的一天，理学虽讲“变化气质”，不过这只是汉人的专利，没野蛮人什么事。然而在陈宏谋眼里，无论“汉人”“蛮人”皆是我朝“赤子”，都有“天良”的潜质，没必要非在汉人和野蛮人之间划出那条永生永世无法弥合的界线。

在雍正皇帝的嘴里，这叫“中外一体”，意思是不仅满汉一家，其他族群也应谐和共存，同享一种公认的文明生活，陈宏谋的“赤子论”与他遥相呼应，能不能做到暂且不论，至少在赤裸裸的反理学立场上，陈氏和这位皇上终于搂抱在一起，这分明是“口是心非”地说着“团结在……周围”的套话，用的却是“打着红旗反红旗”的招数，从中丝毫看不出呆子的痕迹。再引申得远一点，陈宏谋承认只有文化差别而非种族之分的言论，很接近现代史学的看法，例如陈寅恪先生早就指出，唐代就有用文化而非种族区分内外的观念，只不过到宋代以后才埋没隐去不见踪影。

在具体的经济举措上，陈宏谋也经常是阳奉阴违，不会死守僵化的道义规则。如逢灾年，按照朱熹制定的方略，政府一定要强力介入救灾过程，地方士绅也要出于道义责任捐粮纾困。但陈宏谋却主张使用现钱流通的市场运作方式，反对单纯发放救济粮。这在理学呆子们看来简直就是大逆不道见死不救。如果换一种场合，好像专和朱熹作对的陈宏谋又是理学原则的坚定贯彻者。比如在地方治理中，陈氏坚持政府干预应该划清界限，给宗族、乡约这些自发势力预留出足够的发展空间，这个思路又是不折不扣的朱子家法。因为在理学家的地方治理设计中，给民间组织让渡出更多地盘，减少政府涉入的程度可能是降低治理成本的一个最佳途径，这是宋代以后才形成的一套思路，带着鲜明的理学特征。

那么，我们要问，这些明清史上有名的循吏既然都是科举出身，为什么没有像范进那般疯成了呆子，也再没机会挨上胡屠户们的巴掌，其中到底有何奥妙？清朝科举试题除第一场法定测试朱子语录外，第三场必考“经史事务策”，考生大体会围绕历史上的事例引申作答，看看对解决当下问题有何帮助。这场应试主要测验考生是否能在经史文献中提炼出有用经验，也可大致窥测出这些未来候补官员处理政务的能力。只是如果我们指望官僚们运用这点可怜的经史知识直接治理国家，那就一定会大失所望。

破此迷局的关键还是不能吊死在科举这棵树上，只要把观察视野稍稍放宽，搜检一番官员阅读的书目即可知他们原来全是“自学成才”的典型。晚清官僚张之洞在四川当学政管教育时，特开出《书目答问》作为士子的阅读书单，居然洋洋洒洒列出了两千多部书。除必读的经史书籍外，还包括金石、地理、诏令、奏议、地理、医家、兵家、法家、农家、小说家、释道、术数、天文历法等，仅门类目录一眼望去就林林总总眼花缭乱，更别提内容之庞杂多样，看了这张书单，几乎令我辈绝望，觉得这辈子也不可能读完其中百分之一的内容。如果相信他举荐的这些书自己都浏览一过，那真是令人难以想象的巨大工程，哪里是科举时文的范围所能包容下的，更不可能是范进之流的案头必读之物。不禁惊诧这些官员何以有如此多的精力沉潜其中。

我由此坚信，官僚们治理国家的经验大多与科举的应试训练无关，主要靠后来恶补修习而成。陈宏谋在湖南推广一种水车，旱时可车水到耕田高于水源的地界，在陕西推广薯类种植，解决粮食紧缺问题，都与科举研习的内容无关，而是后天用心钻研补习的结果。他脑子里储藏的精耕、除草、嫁接、轮作、复种、施肥的技术是从一本叫《授时通考》的书里学来的，这本书脱胎于明代的《农政全书》。陈宏谋养蚕纺织的知识则来自一位关中地方学者的专著。他们的阅读书单常常不拘于官学指定的经典，只要对治世有用，均属杂览的范围。陈宏谋赈灾时用现金流通替代直接发放实物救济的思路，就得益于明代福建一个不知名的学者著作。清朝官员对经济事务的重视甚至渗透进义学的教育之中，陈宏谋治云南时给七百所小学规定的必备藏书中，经他自己缩编加工的明代经世读物《大学衍义补辑要》，收藏的数量要远远高于朱子格言等理学读物，这本书充满了各种有关刑律、武备、贡赋等民生现象的讨论，他很期待就读义学的少年自小就打下关心实学的底子。

一般认为，普通人做官是出于道德的责任，科举应试都是为了体现道德修炼的正当和完满，仿佛这种培训可以不食人间烟火，和日常生活挂不上联系，只是充当记诵先人语录的复读器。这也加重了人们的误解，以为科举熔炉中淘洗出来的不是呆子就是傻子。实际上，大多数能臣循吏，都是在上任后经过多年摸爬滚打的历练才提升了自己的治世能力，当年科举的训导只是为获取一种入官资格，与治世的阅历经验和见解并无直接关联。更严重点说，从科举生产线中脱颖出来的官员，其成就大小恰恰与科举训练的程度成反比。同样是科班出身，流品却有高下之别。陈宏谋有一句话说得贴切："自古流品，诚不足以限人也……有志者，正可乘时自奋矣。"这句话的最浅显意思是指，是否拥有家庭世袭荣耀的背景并不重要，只要经过努力就可弥平身份差异。还有一点是本文所要揭示的，流品的高低实在于你能否真正冲破应试规定的束缚，给自己一个自由发展的空间，明清为官功绩的大小确也证明，谁对应试八股规定的阅读范围超越得越彻底，谁就越有可能依靠自身的力量去创造一个新世界，这就是"流品不足以限人"这句话的真正意义之所在。

科举考试果真一无是处吗？

晚清末年，改制无数，"科举"被废大概是让遗老遗少们最糟心的一件大事，那些残留乡间懵懂憨痴的老童生，从当年颇受尊敬的人中龙凤，摇身一变成了下岗待业的收容对象。他们就像长在现代国家肌体上的脓疮毒瘤，似乎人人都有份儿变身外科医生挥刀斩除。今人看待科举被废多抱事不关己幸灾乐祸的态度，搭上过科举末班车的人倒是很讲实际，他们觉得考科举是穷人谋生的门道，寒士中选是荣耀门楣的大事，父辈不识字儿辈却有机会登堂入室，所以不好轻易啐骂科举害人。

科举挨骂的另一个理由，是因为今人不了解考试规则，遂把八股文误当作科举的全部一律骂倒批臭。以为那些驼背缩腮、面目可憎的考生不过是一帮只会引经据典的迂腐书虫。需要澄清的是，明清以来的科举考试至少举行三场，第一场第二场铁定要考四书五经，完全是死记硬背的笨功夫，考生不挨塾师几顿板子脱掉几层嫩皮算你厉害，若年年赶考，一辈子窝在童生圈子里，的确容易把人逼成呆子。不过别忘了科考还有第三场“策问”，其中涉及兵、农、刑、礼、吏治、河防、工赈，完全是聪明人摆弄的学问。如果仔细分辨内容，很像现在大学里的专科考试，考的是“经济史”“法律史”“边疆民族史”“思想史”之类的话题。

与头场二场相比，这场应答有点像体操比赛的自选动作，要是仅靠那点八股模仿秀的死板功夫不大容易蒙混过关。即使到了殿试一级，皇帝也会特别强调不要一意揣摩古人文字，鼓励考生说出心里话。顺治年间殿试就规定策论不限长短，不得故意用套话官话敷衍，要求直陈胸臆，无所隐瞒。乾隆以前，第二场还有所谓表、诰、判等内容，表、诰模仿的是臣民上书皇帝或模拟皇帝下诏令议事，测验的是考生站在不同方位处理政事是否允当；“判”就像现在的法律案例解读，列出几条案子考考法律知识和断案水准，几乎条条应对都须切近实用，不说空话。如果再加上策论的部分，考生就如同被摆上地方官员的位子处置公务，临场应变要求机敏迅捷，绝非现在考生所能想象。乾隆之后虽取消了诰、表、判的测试，策论部分的发挥仍有相当难度，想靠花拳绣腿的虚词蒙混过关绝无可能。

后人痛骂科举，大致是因为八股文写作设置在头场和二场，在应试策论之前，要模仿一段格式严苛的经书文字，摹写一首矫揉造作的试帖诗，这部分通常称作时文制艺。头场二场不过，考生即使再有经世之才，满纸写出天花乱坠的治世奇想也是白搭。于是大家纷纷在八股文上比拼较劲，这是最痛苦虐心的事情。如果遇到聪明人，这请君入瓮式的写作套路立刻就会变成束缚心灵自由的枷锁。尽管如此，历代骂科举的人却几乎无人对策问的重要性提出质疑。

策问的结构一般是四到五问，第一问大都与经学历史有关，相当于基础学科测试，有强调“经”是立身之本的意思，这部分考的还是记诵的死功夫，与第一二场的内容有交叉重叠的地方，目的是摸摸考生文献学的根柢。从第二问起考生自由发挥的余地开始增加，提问大多涉及制度史演变，例如中央官制沿革、官吏选拔考课之法，甚至会出现“何谓‘循吏’？”这样很难用只言片语回答的题目。第三问常提及地方治理方案，水利海塘如何整治等问题也会安排在这部分提出。第四问包涵历史地理沿革的辨析或者是各类仓储积粟之法的议论，我曾看到有一题要求结合现实分析古代农书《齐民要术》和《农桑辑要》，有点像是在考经济学知识。考卷中如有第五问会涉及兵事和海防等议题。策问还会考虑到地区状况的差异，如江南的试题就会集中问及海塘工程沿革和漕运利弊。道光年间海宁乡试的一道题曾专门讨论明代治河名家潘季驯的治水著作《河防一览议》，以及相关多篇治河策的讨论。我看到一则有关币制的考题竟然细致地问到钱“币”用字从唐朝的隶、篆向宋代草、行书转变后如何换算这样的专门题目。

策问标题的字数一般都较长，不像现在高考的标题只有一两行，往往是考官发表一种见解，由考生验证或反驳。道光元年海宁的乡试卷子中有一条讨论“保甲”的题目，从周代保甲创立开始谈起，一直讲到明代的保甲制度沿革，俨然就是一篇“保甲制度演变史”。考官的提问也很尖端，一是问宋代王安石力行保甲，百姓多觉不便，经司马光上疏废止，可为什么明代王守仁在江西实行起来却卓有成效？二是问城市乡镇人口聚居稠密，容易稽查，可那些山谷密林零蔽碎打的地块和隐秘偏远的寺庵居所如何巡查？对于密布客家棚民的萧疏地界，或者针对来往飘忽踪影难寻的商船渔户，保甲如何发挥编查的功用。提问结尾处不忘提醒考生们来自田间，可以凭借各自的切实经验从容应答。

要准确回答策问中的内容，确实需要广博的知识储备和丰富的人生阅历，不是光凭死记硬背的笨功夫就能搞定，那些习于记诵模仿的考生自然不会乐意接触。为迎合此种心理，科场中就会相应发明一些逃避策问的偷懒办法，以减少考试难度。曾任安徽大学堂总教习的姚永概在《慎宜轩日记》里面有一条记载称，他的兄弟一次参加科考，发现试卷中居然只有诗赋一题，没有策论题。更加诡异的是策论居然可以随意改为诗赋，如诗赋还是做不出来，随便改作一首诗也可凑合交卷。姚永概不禁大骂起来，说策论是有用之文，诗赋是无用之文，轻策论重诗赋，世态如此卑鄙下流，士风日下识见浅薄也就可想而知。

应对策问既然需要具备相当渊博的见识，那么除八股制艺的训练外，考生这部分的知识从何获取呢？从当事人的经历看，一条途径是在少儿的启蒙家教中有意进行灌输，姚永概的父亲就强调须在农田水利上讲究一番，开具的书目中分地理（天文附）、兵盐、漕河、水利、农田、度支、礼乐、洋务数门，督促逐一细究。实际上，儒者一直不回避研习日常俗事，一种说法叫作“习农业而无衣心”，每天忙忙叨叨处理俗务还能守着心底澹然纯净的道德气象才是真君子。

正因策问有利于实用，所以清末科举首先就从颠倒考试场序入手开启变革之路，最著名的一个举措是一九〇一年（光绪二十七年）两江总督刘坤一和湖广总督张之洞联衔发出《江楚会奏三疏》。第一疏提出头场考试考中国政治、史事，称之为博学；二场考各国政治、地理、农工、武备、算学，名叫通才；这两部分考试内容相当于科举中的策问，一般都放在第三场，奏疏中却请求放在头场和二场，最传统的根本之学四书五经被挪到第三场，称之为纯正。道德根器之学与经世学问被完全倒置，随着时间的推移逐渐处于可有可无的位置。

江楚三疏发出后，在底层士绅中立刻得到了响应，同时也有所动作。一份日记记录着这年八月湖北黄安的童生朱峙三去私塾上课，塾师突然宣布不做八股文，改做“义论”，讲求时务，我猜塾师说的“义论”大致相当于策问类的题目。这天塾师出题“练兵论”。此人据说喜读新书，思想新锐，就在几天前还出过《中国易于富强论》这样的时髦题目。更有如下新式策问：中国欠西洋款项四十年才能还清，你有何办法？有点让人吃惊的是，这名草根塾师居然还能抛出这样前卫的问题：君主之国、民主之国、君民共主之国的区别何在？可见距离戊戌六君子被杀虽只有六年，君主民主之议却已如潜藏的地下之火，在底层塾师的意识中蔓延开来。不过，在乡里民间，对时事策问考试的抵制一直存在，县级考试出题凡涉时务时，往往就有大批学生罢考。

要在策问里填充进现代知识，光靠科举系统内部的变通改制显然不够，以日本为师遂成时髦的进学捷径。那时清廷还没明令开设学堂，各省都是自行发动，地方官也是不理不睬，听之任之。私塾改为学堂最缺乏的就是教师，塾师的知识结构太旧，对算学理工政法这些新学问茫然无知，最简捷的办法一是请外教，二是直接派青年赴近邻日本留学，归国后再当学堂教员。这个时期小学堂大多喜欢聘请日本教习，原来热衷科举的家族也愿意把孩子送往日本做短期培训，其中不乏速成的功利考量。去日本读速成师范和法政科目的学生居多，一般是公费捐款和自费留洋二种自选其一。如安徽某地赴日学生就以捐款公费二成、自费一成的比例获得资助，条件是学成归国后必须为家乡服务三年。

由于赴日学生太多，日本人也逐渐做起了骗钱的生意，据包天笑的回忆，速成师范不管学的程度如何，文凭照发，一年就可毕业回国，混个小学教师资格骗吃骗喝。还有人更走极端，对不懂日语的国人，日人一律迁就，干脆雇来口译人员，老师一面讲解，译员就站在一旁解说。更过分的是，有的日本教员居然还负责把日文教材直接翻译成中文供留学生阅读，这些海归回国后日语会奇烂到何种程度可想而知。

从日本归来的速成师范生经常笑话迭出，有人学问装了半瓶子，就敢上台东拉西扯，全靠在日本偷来的遗闻逸事吹牛媚众。县级师范班中的教习只认片假名、平假名，日文程度浅显得惊人，有一位堂长在东京只学了半年就敢上台肆意乱说。时人觉得日本近代文化本来就贩自欧美，再经一道转手，国人全成了三道贩子，对贩卖货色的纯度发生疑问。怪不得当时的试卷会出现这样的质疑：游学日本学生、上海学生个个猖狂放荡，不为人表率，不勤治学问，这样的学生可靠吗？若不废科举，恐自强无望，若不惩学生，却又存自由放任的弊端，到底应该怎么办？

科举被废，教私塾的先生数量太大，又不能听任他们下岗失业。于是各地纷纷办起了“师范传习所”，聘任留日学生给这些老冬烘授课，旧塾师经短期回炉培训后匆匆出任小学师范教员，算是暂时可以谋生，这就闹出了不少笑话。台下常常坐着若干白发苍苍的老者，台上却站着个二十郎当岁的小青年，有的出国前曾是台下某位老塾师的学生，回来一转眼就成了老师的师傅。这些“学生”比小老师年岁要长上一辈甚至两辈，在乡里要喊他公公的，底下没准还坐着姻亲中的尊长，世谊中的父执，这类师生尊卑颠倒的例子实在太多。包天笑回忆，有一位青年看了一张传习所报名的单子，摇头道：“我不能教！”问他原因，原来里面有一位是教过他的老师，此青年太过顽劣，被此老打过手心，而今却反过来教他，面对面太觉难堪。没办法，只好把这老先生调到别的讲习所才作罢。最有趣的是，这些老学员还常把不离手的小茶壶和水烟袋也带到课堂里来，听得兴起还要不时喝茶润喉，摇头晃脑，点头称是，或者干脆划着一根火柴呼噜呼噜地吸起水烟来。

科举即废，基层教育立刻陷入新旧杂糅的困境，在安徽办学堂的姚永概深知此敝，提出分流办学的思路，他主张一部分高等学堂招收有旧学根底之人，让他们尽量多学西文和普通科学，因为无须担忧他们的国学基础不牢，良莠不分。发蒙阶段的小学堂应招收年龄偏小的学员，特重伦理道德根基的培养，同时兼顾研习算学、体操和音乐。但这一思路的提出无法改变中国人文教育日趋滑坡的终极命运，府州县中学太偏于西学理工，国文素养持续走低，大学堂学生中文优秀者寥寥无几。国文考试时经常搜出夹带作弊者，学生也并不以为耻。姚永概已洞察到学堂学生的心理变化，觉得他们戾气嚣张，藐视师长的行为随处可见，最终愤而辞职。他在给侄子的一封信中写道：士大夫搞旧学应开通，玩新学应守法。大意是指迷恋新学者肤浅躁妄，很难打好学问的根基。

若比较科举训练和新学教育，我们还是觉得科举三场考试兼顾道德人文与经世致用的均衡，学问导向甚为妥帖，现代教育一味追求实用，缺乏人文根基做底色，培养出的人才自然难免步入偏颇狭隘之途。

“桃色”怎样入史?

近代有一位名士王韬，一辈子没得什么正经功名，好像也没干出什么惊天动地的大事业，脑门上却顶了不少头衔，比如“改革思想家”“长毛状元”“夷情专家”等等，尺寸都大得吓人，各类标签的意思也相互打架。思来想去，王韬暴得大名，大约是因为协助洋人对译中西经典，他曾帮一个传教士把《圣经》翻译成中文，后因私通太平军被清廷追杀，逃到香港，又反过来帮另一个传教士把《诗经》等五部中国经典译成西文。这些来回转译文字的营生在当今算是件大功德，自然有人愿意给他戴上中西方文化交流先驱这顶桂冠。可在晚清普通人眼里，他充其量就是个洋人买办，文化掮客。

王韬经常干的另一件事是到处给大官写信自荐，出谋划策，指点江山，好像真把自己当成了怀才不遇的卧龙诸葛亮。结果自己给自己写了一辈子推荐信却根本无人搭理，完全是剃头挑子一头热。所以他才在《自传》中自嘲说：“既不能上马杀贼，下马草檄，又不能雕琢文字，刻画金石，以颂功德，徒为圣朝之弃物，盛世之废民而已。”这口气颓唐得几近撒娇了。

其实，王韬记述冶游狎邪的文字更有意思，只不过后人总想刻意把他打造成改革变法的英雄，往他头顶胡乱罩上些政治光环，反而羞于提及他猎艳狎游的一面。那些满脑门僵硬思维的学者，面对这类文字更是不知所措，干脆视而不见或有意忽略。我翻检岳麓书社版的《漫游随录》，赫然发现在王韬记述冶游经历的文字旁，有今人用不屑语气写出的一条批注：“低级趣味，可见学界假道学多矣。”

在我的阅读范围里，只有台湾“中研院”的王尔敏老人是个例外，他曾以《王韬生活的另一面：风流至性》为题撰写专文谈其冶游花丛事略，可惜的是王老一旦真触碰到王韬的情色故事，还是羞羞答答，欲言又止，未予申说。

王韬冶游于欢场，流连于酒肆，晚年心境淡漠萧疏，于是学做蒲松龄，摹写起了女狐故事。又仿唐代《教坊记》《北里志》“纪丽品，摭艳谈”的传统，为妓女做传，称“美质良材，岂以古今殊，南北限”。于是“搜罗近世之娇娃，采辑四方之名妓”，编为《花国剧谈》。另一部“艳影集”《海陬冶游录》更声称是一时游戏之作，说是览读此书，可以于“沪上三十七年来南部烟花，北里风月，略见一斑”。

在王韬的“情色观”中，狎妓冶游是一种苦趣，不完全是一派潇洒。他的友人蒋剑人为一本叫作《苦海航》的奇书作序，这书在现在看起来也算是淫书，大致是罗列情色，再予警戒，好像

《肉蒲团》讲完淫荡故事，再刻意缀上几句道德说教做尾巴。所以蒋剑人才说，太多人堕落在这情天恨海之中，能入不能出，反而畅游得欢欢喜喜，一定有其理由，何必为他提供一苇渡海呢？所以苦海航行的警示虽如清夜钟声，却毫无用处。那意思是，《苦海航》瞎学《肉蒲团》《金瓶梅》，在细写花团锦簇之欢后再用劝善箴言包装说教，纯属虚伪。正如当年全民看《废都》，根本挡不住大家争相发挥想象，淫思满满地去揣摩拼贴复原删去的那几百字床上描写。但仅把王韬的情色观定位成猥琐刺激的俗艳之论，却也过于简单粗暴，王韬的冶游苦趣之中肯定藏有玄机。

早有人指出，与妓女打情骂俏诗酒唱酬乃名士文化的一部分，自有其优雅别致之处。不像如今的发廊会所，诲淫诲盗，全然是一种床技展示的场所，就如车展也迅速蜕变为“人造乳房”大赛一般，情色若只是透过床帏诱惑，满眼肉欲滚滚泛滥无度，那才是下品。高级的妓艺交流颇有些精神恋爱的味道。王韬有句话说得实在：“至于绮靡障碍，未能屏弃，亦是文人罪孽。然秾艳风华，乃其本色，儿女之情，古贤不免。”如《冶游录》所纪蔡韵卿一角，多识儒生名士，其中就有《苦海航》的作者姚梅伯，文中说韵卿棋艺琴技，茶经酒谱无不精晓。说是“每当柳荫蝉静，廉月如水，琴声辄发。然不屑轻见人，为客一抚也”。

才妓幽居的氛围也相当雅致怡人，居室都有雅号，当你看到“彤琯冰蚕阁”这类大有闺阁女史风致的名称，真分不清是书舍经楼，还是艳香妓馆。又如才妓张若涛“弹琴赋诗，敲棋度曲，无一不臻精妙，书法尤工簪花小格，秀骨天成”，确不可做寻常“路柳墙花”看待，有这样的才情自有相应的绝配故事。如有名士二石生与才妓云仙吵嘴，不久云仙特请来蒋剑人说和，居然能举出汉武与阿娇不睦，长卿为之做《长门赋》的典故，请他做赋向二石生一吐衷情，蒋剑人果然洋洋洒洒地写出《彤琯冰蚕阁赋》，代之抒发思念之情。

除了对才妓的倾慕，王韬笔下的妓女也有流品之分。如提到黄浦江中有船妓，虹口还有专供洋人的妓艘，华人可以假扮洋人前往寻欢。又说沪上的穿衣一度以青楼服饰为尚，丽制雅裁都在一条街上采办，居然一度领风骚于上海时装界，也是一奇。再如粤东妓女寄居上海后均不缠足，召接洋人称咸水妹，穿戴衣着也与其他妓女不同，昭示的是职业分工的细致。王韬笔下也记述妓女唱腔的变化，透露出京班在沪上的流行逐渐取代西昆雅调的过程。徽腔紧随其后，自改声调，以至于市井儿童信口都能唱出一嘴的二黄调，勾勒出的是一幅徽腔取代西昆，京班又改造徽调的戏曲变革线路图。

不过民国以后才妓已属罕见，青楼中能赋诗度曲者更是稀有。有人回忆说民国元老于右任拟于坊间寻找一优雅女子对答赋诗而不得，只好怅然离去。理由是在现代人的眼里，倚门卖笑生涯一直是黄赌毒社会病态之一种。也有今人以为妓女在现代才被想象成与疾病相伴的社会毒瘤，成为传教士、医生、社会志愿者纷纷侦缉监控的对象，妓女与梅毒性病紧紧捆绑在一起，纳入甄别控制的档案，甚至那些对此表示质疑的人，也是把妓女身份仅仅看作现代工业社会中的一种“职业”，拼命想为她们正名，称她们是

"性工作者"，意思是妓女都是以身体谋生的劳动人民，应该正当地与其他职业一样获得平等的地位，这就恰好落入今人对分工认识的俗套。因为这类正名行动已与传统文人对才妓的欣赏品评毫不相干，完全是现代划分人群的办法。

面对一些绳趋尺步，把妓女视为祸水，妍藻看作淫辞的假道学，王韬的回答倒是直率尖利，直斥其"不知西曲繁华无非元气，东山妓女亦是苍生"。在《花国剧谈》中，妓女多恋才子，不屑商人，侠女柔肠，义重情深，甚至不惜以死相抗，经常拼得香消玉殒，满纸晴天恨海。如此描绘出的种种艳史虽仍不出红颜薄命、情郎负心的旧套，却也映射出他的独特女性观。在《花国剧谈》的序言里，王韬不免说了些俗套的话，如说什么"自无艳福，而心郁古悽，仅品评名花于三寸之管，要亦空中色相而已，具大智慧者，何容征实，请事观空"，仿佛是想招呼大家一起走一趟痛苦修炼之旅，这话看上去怎么都像有点装。

然而在《海陬冶游录》自序中，他又是决绝地与世俗见解划开了界限，如他说："铅华宝髻，不讳言情，浊酒残灯，乌能妨节。与其高谈耸听，毋宁降格求真也。"又说："或观此篇者，遂以为此间佳丽，何异迷香，是处笙歌，正堪荡魄，则亦未识余心者耳。若其鄙为轻薄，讥以纤靡……以为意无寄托，旨乏劝惩，见斥于礼法之儒，遽指为文字之障，则亦姑听之而已。"

这段话说到降格求真，蔑视礼法，又开出别一番气象，这恰是王韬的率真任情一面。那些慈海寻航、脱忧济困之类场面上的光鲜话，说多了倒是显得有些假了，好像是在模仿《肉蒲团》极度宣淫后的道学口吻。

要是认为王韬沉迷流连于情色世界，不过是一寻常浪荡公子哥所为，倒也有些低估了他。我宁可把这些貌似游戏的文字看作借坊间红粉境遇自况的正经作品。在《浮生六记》跋中，有段对才女命运的评论入情入理，读起来让人扼腕长叹。与其说是王韬对才女遭际的同情，不如说是他对自身一生不得志的哀婉。不妨把这段妙论抄在下面：

“盖得美妇非数生修不能，而妇之有才有色者，辄为造物所忌，非寡即夭。然才人与才妇旷古不一合，苟合矣，即寡夭焉何憾！正惟其寡夭焉而情亦深，不然，即百年相守，亦奚裨乎？呜呼！人生有不遇之感，兰杜有零落之悲。历来才色之妇，湮没终身，抑郁无聊，甚且失足堕行者不少矣，而得如所遇以夭者，抑亦难之。乃后之人凭吊，或嗟其命之不辰，或悼其寿之弗永，是不知造物者所以善全之意也。美妇得才人，虽死贤于不死。彼庸庸者即使百年相守，而不必百年已泯然尽矣。造物所以忌之，正造物所以成之哉。”

王韬在这段话中虽不改一副文痞流氓的嘴脸，有的话却说得真切透辟，比什么“平安是福”“和谐为美”之类好死不如赖活着的庸人哲学有趣得多。他提醒今人，不要一方面干着龌龊的事，还想用道德大词拼命往自己脸上贴金，当了婊子还想立牌坊，好处总不能让一个人全给占了。你要想保持这份气节，只能照难里做人，下场往往是很惨的，所以那些厚着脸皮兜售真善美教条的人，在王韬嘴里就像卖假药的骗子。

王韬常以“才女”自喻，自恃才情甚高，大概级别相当于“美妇”，却不得“才人”青睐，暗指哪怕偶得“才人”（官员）赏识，即使少活几年也在所不惜，只可惜自己空有“美妇”加“才女”之身，却落魄草莽，湮没无闻。

本文的意思是写史不必总拘谨地端着架子，一味把人往死里拔高，扮出一副非礼勿视的酸儒模样。历史的多样有趣恰在于展示人性的不完善，偶尔看看某人超脱出道德束缚时露出嚣张顽皮无理取闹之一面，倒是很好玩的一种阅读体验。

动情的历史学

侍卫官揭去珍贵文物上的保护罩并掸去灰尘，我挨个询问有关它们的细节："向朕谈谈这个吧！"

"这是在东魏时代由兖州刺史李珽塑造的孔子的塑像。"

"这些供牺牲用的器皿是哪个时代的？"

"汉章帝在这里礼拜时留下的。"

"这些画中，哪一幅画是最真实的？"

"那幅据说是孔子的徒弟子贡画的，又经顾恺之临摹过的，最真实。"

"这书法呢？"

"是宋徽宗皇帝的。"

我问孔尚任道："你多大年纪？"

"三十七岁。"

"是圣人的第几代后裔？"

"第六十七代。"

“你这三十多岁年纪的人有几个儿子？”

“两个。”

“你不止三十七岁？”

“不，只有三十七岁。”

“你能作诗吗？”

“略微知道一点。”

有一棵是孔子亲手种的树。我问道：

“这棵树没有腐烂，为什么没有一根枝丫？”

“因为树叶和树枝在明代被火烧掉了（在一四九九年），只有光秃秃的树干还存留了下来；两百多年来，既未腐烂，亦未开花，它坚硬如铁，故以‘铁树’闻名于世。”

我让我的侍卫去摸摸它，因为这是一件奇怪的事情。

上面照抄的一段文字摘自史景迁《中国皇帝：康熙自画像》一书（远东出版社二〇〇一版）。描述的是康熙皇帝南巡过程中拜访曲阜孔庙，孔子后人孔尚任接驾时与他问答对话的情景。其中的“我”就是康熙皇帝。这段对话现场感实在太强，仿佛让人觉得康熙帝身后正紧跟着一架摄像机，随时记录着他的一举一动。史景迁也由此犯了当代历史写作的大忌。那就是书写者应永远站在第三者的立场冷静观察，不得随意闯入现场胡乱搅局，让历史人物自动开口发话，更是完全破坏了客观公正的科学戒条。

在康熙遗诏中发现皇帝心理变化的蛛丝马迹，记录他的饮食起居，本身不是什么新鲜的写作技巧。关键是，谁要胆敢把这些史迹说成是当事人的内心活动却需要太大的胆量，通篇都用自传体口吻娓娓叙说历史更是大逆不道的做法，弄不好会身败名裂。

二十世纪以来的历史学太受科学主义毒害，写史被要求克制自身的情绪判断，反过来却要把各类人物统统绑架到“规律”“计划”“因果”的战车上去，如牵线木偶般为政客们的口味喜好翩翩起舞。从中学开始，我们翻看一页页历史中的人物事迹，仿佛是在看一部部僵尸片，个个面孔僵硬茫然，永远曲拐着四肢眼光无神四散挪步，活人却在机警地到处奔逃躲避。

最近读到一本名为《动情的观察者：伤心人类学》的小书，此书一直在集中讨论一个问题，在人类学的田野调查中，到底应不应该投入观察者的感情？如果允许动情，那分寸究竟如何把握？我们发现，这也是历史学家同样面临的话题。

《动情的观察者》中有一段记录哈佛比较文学课程的规则，中心思想是：好的学术文章，最终目标应该达到去个人化和客观性。回答问题的第一条规则就是，一个人永远都不能说“我”。当然也不能做一些幽默评论，玩弄辞藻，谋求文学和诗歌般的效应，或是以其他方式把自我感受明显地带入批评中。按照这个标准，康熙爷化身为“我”，发表大段大段的自述显然是违规的。如果把康熙南巡比喻为一台戏，其中的“我”不仅仅是旁观者的化身，而且已突破底线，让历史人物粉墨登场贸然闯到前台，直接念起了台词。如果严格划定界限，从“我”的角度表达任何意思，已是纯粹的文学表达。因为心态起伏往往虚无缥缈最难把握，以往的历史书写唯恐避之不及，现在康熙爷却站在前台自说自话，用倒叙、补叙、超时空回忆勾连场景，大有穿越古今的味道，着实让习惯虚化“自我”的老派读者感到不适。实际证明，隐藏真实的那个“我”，可能会使研究者变得很虚伪，比如人类学界就发生过某个大腕的日记中有侮辱其考察部落民众的内容，与他先前标榜的体验式研究准则背道而驰，曾经引起轩然大波。如今时代不同了，个人情绪的表达越来越堂而皇之地进入论文，据说一些评论读起来就像诗歌和小说，文学与批评的界线也变得越来越模糊。

一种骇人听闻的极端说法随之产生，写历史一样可以进行情节设置，内容甚至可以虚构，就像写小说一样。人们担心，这个口子一开就全没底线了！历史和文学的边界到底在哪儿就会变得众说纷纭，吵得一塌糊涂。其实要想划清史学和文学的边界并不困难，史学家如同戴着脚镣跳舞的舞者，必须守住依凭史料说话的底线；小说却可以随意恣肆狂想，不必在意这放飞出去的思绪风筝到底会不会受真实牵制漫游无度。在我看来，如果想让历史写作不显刻板和面目可憎，在叙述某段历史场景时，只要确认某个史事一定发生过，或被基本确认存在，那么，某个史事由谁叙述大体没有根本性差异。也就是说，这个事实是由第一人称还是第二人称说出来并不重要，重要的是双方聚焦的是同一个有明确记载的历史对象。史学如果真把文学当情人对待，他们谈恋爱时的默认规则恰源于此。

《中国皇帝：康熙自画像》里有一段康熙第一人称的自述，说自我儿时拿枪挎弓时算起，共杀死了一百三十五只猛虎，二十头狗熊，二十五头豹子，二十只大山猫，十四尾麋鹿，九十六条狼，几百只普通的母鹿、公鹿和一百三十五头野猪。当我们围猎或设陷捕猎时，有多少动物被我所杀，我简直无法计算。最普通的人们一生所杀过的动物还不及我一天所杀的数目。在史景迁的笔下，这一长串数字仿佛是康熙帝一口气不间断地说下来，就像表演一段评书。实际上这段文字是一种史料“拼贴术”，它把不同地方发现的史料，故意集中在一起，然后由康熙帝用第一人称说出，以增加权威性。这些分散史料所呈现出的原生态，如果不加重新组合，未必可以使我们得出同样的印象。

可以设想一下，如果是文学描写，大可大肆渲染一下康熙帝对狩猎过程的迷狂，甚至猜想他的狩猎心理与后来平定噶尔丹叛乱之间有什么内在关联。历史学的严谨却要审定记载的狩猎时间和数目是否属实。一旦验证完毕，这个历史描写即可成立，至于是由康熙帝说出，还是出自一段史官的记述，或者是今人的复述已经变得不太重要。当然，这只是我自己的推测，严格来说，事实由谁叙述仍有个如何认定的问题，只是史学面对文学有意放宽自身边界，那么叙述者身份的模糊就是小说和历史书写之间最为交叠互溶的地带。

做史之难，难在能“同情性地理解”，这个口号前几年喊得轰响，做起来还真没那么简单。这是因为人们厌烦了今人每见史实就要预先戴上副现代眼镜细密审查，他们对前人的脊梁指指戳戳，见识却大多矮于先贤不知几许，即如那些把梁任公和革命党人比，说他是阻挡历史前进的“跳梁小丑”云云的妄说断语，全是不堪之论，却在以往的史册中俯拾皆是。所以“同情性理解”强调要贴近古人心境，细致揣摩，慎发谬辞。

“同情性理解”这个说法虽出自史家之口，却与人类学的做法相通，民国初年的文人学者浸淫科学方法已久，对此却多有自觉。如费孝通就说，一批现代文人带着文字下乡，拼命向乡民灌输西方文明观，反而忽视了乡间常识的威力，遭遇尴尬那是必须的。费孝通被人夸赞是因为他不是那类专门跑到“野蛮人”部落猎奇的洋派人类学家，他工作的田野是姐姐的家乡。如此一来，面对传统人类学视野外的“文明”乡村，“在地化”成了中国人类学家的宿命，他们操着家乡方言进入村舍民居，玩起“同情性理解”的游戏自然比洋人容易得多。不过，无论进入现场的难度是大是小，都会遭遇一个同样问题：如何避免只同情不理解，或只理解不同情的两极窘态。头一个状态中的“自我”容易被田野融化，落入后一个状态的学者又多有先入为主的毛病，如何拿捏两者的平衡，不仅是人类学家的课题，也是一切人文学的难题。

近读沈从文旧文《凤凰》，文章详细描述他家湘西凤凰的古风侠影，以及那些放蛊、行巫、落洞的蛮野习俗，让今日读者恍如身临其境，看上去又像一篇历史观察或人类学笔记。且看沈从文如何拿捏分寸，他详说凤凰女性与洞神结缘的习俗和侠客田三怒的风仪，动情动意，却又不免点缀些许貌似学术的评判，如断言落洞女性与性压抑有关，根源可追究到具体的生存环境云云。他聪明的地方在于拒绝把落洞风俗戴上迷信的帽子。他说：“用现代心理学来分析，它的产生同它在社会上的意义，都有它必然的原因。一知半解的读书人，想破除迷信，要打倒它，否认这种‘先知’，正说明另一种人的‘无知’。”这和费孝通的态度是一样的，在充分体验乡情乡音之后发出一个审慎的判断，保持住自我对历史观察的敏感度，可见人文学之间的感觉是相通的。

历史书写是否真应该动情动意，肯定是个见仁见智的选择，不过在学科专门化日见霸道的今天，多读到一些见出真性情的历史作品，应该是大多数人的愿望。

下辑

皇帝的影子有多长?

一直有一个说法，日本人二战后打死都不承认对邻国搞了殖民侵略，还腆着脸说自己是从西方魔爪下拯救东亚的英雄，所以阁僚们故意年年到神社拜鬼作秀，屡屡勾引刺激中韩两国外交部定期派人出来义正词严大骂一番，缘何如此?原来以为，这都是当年美国人给惯出来的，老美因为执意不给天皇戴上战犯的帽子，最终放虎归山，这才惹得日本高层毫无悔改之心，肆无忌惮地如此胡闹下去，普通日本人自然也心安理得，听之任之。前几天看了一部美国拍摄的新片《天皇》，讲的正好是在东京审判前如何给天皇定罪的故事。片子声称据史实改编，主角菲勒斯将军和麦克阿瑟上将用的都是真名实姓，自然会吸引观影者的好奇，看看美国人到底怎样解读这段世人皆知的囧事。

菲勒斯将军的任务看似简单，就是搜找天皇发动战争的罪证，把他押上战犯的审判台。他开始自信满满，办公室里贴满了与天皇联系密切的臣子照片，宛若一张四面伸出的蛛网。他打算按图索骥一一寻访，却一次次铩羽而归，最后逼得自己独闯战后仍属禁区的皇宫，与首相当面对质。菲勒斯想方设法要挖出天皇发动战争的证言，结果仍是徒劳无功，这让他倍感焦虑。审判的时间一天天临近，在毫无定罪线索的情况下，菲勒斯将军却意外找到了可以赦免天皇战争罪责的证据，那就是原子弹在广岛爆炸后，天皇顶住各方压力，坚持发布投降诏书，提前结束了战争，甚至为此付出了皇宫被激进士兵洗劫，他本人险遭不测的代价。

当时，宣布投降的谈话已经录制完毕，藏于宫中，激进士兵为阻止录音播出，拼死突袭，杀进宫内，天皇仓皇躲进地下室才幸免于难。当然，仅据此作为赦免天皇战争罪责的理由显然还不充分。菲勒斯在走访过程中才真正了解到，“天皇”绝对不仅仅是个简单的位子，而是凝聚日本文化的精神象征，与日本上千年历史的演变密不可分。日本人对天皇的“忠诚”几近疯狂，如果给天皇定罪，捣毁神庙，就如杀父弑母，虽然表面摧毁了祭拜的偶像，却必然引起民心大乱，甚至遭到全国性的抵抗，如此下去，满目疮痍的日本不但不会杜绝战争根源，相反会重新陷入灾难，要想重建将无可能。这种基于文化考量而不是单纯囿于政治思维的做法，最终说服了占领军最高统帅麦克阿瑟将军，天皇得以在东京审判中免受追责。

天皇被赦到底对日本战后重建作用几何，是否应为日后的军国主义复活买单顶罪，肯定不会有统一的答案。东亚政体变革，皇帝的作用到底有多大，到底要不要保留一直是道难解的谜题。中国当年搞新政，革命党和立宪党吵得没完没了，也是因为在皇帝去留问题上观点相左。其实在晚清，这个问题是可以开放讨论的，不是非此即彼的单项选择。立宪党人如梁启超和杨度，想法有点和菲勒斯将军相似，他们都认为，皇帝的位子可以虚置，甚至皇帝的肉身是谁也无关紧要，它只是个符号而已，但这个符号非常重要，不可或缺，如果没有这个符号，大清就会分崩离析。这话不幸被言中，辛亥革命后的多年战乱实际上就与中国缺乏一个政治文化的核心象征有关。

按立宪党的设计，在皇帝这顶大帽子底下正好可以开开小差，拿皇帝当幌子完全可以名正言顺地干出惊世骇俗的大事，既可以促民主，也可以搞宪政，最后把皇帝架空就是了。这个“君主立宪”的顶层设计现在看来并非没有道理，说明立宪派比革命党对大清历史有更多了解。大清立国，满洲皇帝不是如以往那样只是汉人的主子，大清的特色是以异族身份总揽寰宇，一统疆域，包打天下，皇位起的是多民族黏合剂的作用，这与仅由汉人当皇帝的王朝明显不同。大明疆域窄得可怜，且军力孱弱，北打不过蒙古、回疆，南收不了藏地、南蛮，所以大明立国总是强调汉人文化的特性，警告汉人必须和“野蛮人”保持距离才好相处，完全是出于自尊心的考虑。

与明朝皇帝正好相反，大清皇帝如乾隆却是满脑袋的头衔挂不过来，他既是满人的主子，也是汉人的君王，还戴着名誉蒙古大汗和藏地大喇嘛的帽子，有点像如今官场流行的“名誉主席”之类的称号。这些称号可不光是供他自己显摆的虚衔，而是一种凝聚不同种族的向心符号，有吸引各族归附的魔力。所以，清朝入主中原后的几任皇帝都比汉人皇帝劳累，他们要不断迁徙办公地点，除了在紫禁城听政外，每年夏天要搬到夏宫避暑山庄，一路需行围打猎，浩浩荡荡走上几周，到了避暑山庄后还要大摆筵席，宴饮不断，招待各部前来朝贡的藩王统领，夏宫地点故意选在靠近北方的地区，目的就是要显示自己与蒙古等藩部的亲近之意，消除汉人与蛮人之间的对立。

晚清变革，立宪与革命两党互不相让，立宪党正是看到大清皇帝有股凝聚各民族的吸引力，才坚持走君主立宪之路。革命党却一味暴走极端，打的招牌是老掉牙的“反清复明”旗号，正是当年流窜江南的造反会党玩剩下的东西。特别是在未来民国应该统治多大地盘上，革命党人更是捉襟见肘，完全不能自圆其说。比如革命元老章太炎就说，打倒大清皇帝后中国的疆域范围就是明代的十八行省，这就意味着蒙古、新疆和西藏都该隔离出去，自生自灭，在那里生活的种族也不属于中华民国人民。划定大中华民国疆域既然退缩到了明代狭小的范围以内，要是拿到现在纯属“汉奸”言论。所以革命党和立宪党吵起架来自然腰板不硬，处处理亏，绝不像后来史书上渲染得那般义正词严，信心百倍。可以这样说，辛亥革命成功其实和革命党的“革命”论述到底是否合理没有太多关系，反而是那些过度情绪化的反满言论，的确起到了唤醒暴力情绪的作用。

后来孙中山也感觉到，要推倒清朝皇帝必须找到更多理由，特别是一触碰到疆域统一这类敏感话题就特别需要兼容立宪派的说法，否则革命党会被彻底孤立，甚至成为历史罪人。比如他早年提出“五族共和”，晚年还受美国流行的“民族自觉”思潮的影响，觉得非汉人民族都有独立建国的自由，不久又觉此说不妥，赶紧改口，开始大力强调汉族在多民族范围内的核心领导作用，就这样摇来摆去拿不定主意。直到新中国建立，才又在基本沿袭清代疆域框架的思路下进行民族识别，确立了各民族和谐共存的大一统关系格局。追思起来，中国的建国历程走了不少弯路，根源还是要追溯到皇帝的去留问题上。

在清朝，皇帝不仅是凝聚各民族的象征符号，还是维系道德教化的枢纽。中国没有西方意义上的“宗教”，所以也无教会与皇家对抗。中国的“教”并非宗教的意思，而是“教化”的滋润养育，中国的“政教关系”指的是用道德教化襄助政治的运行。这点与西方教会老是和皇权较劲打架、互争地盘的历史非常不同。教化工作人员的培养主要靠科举制度的选拔，把管理人才一层层均匀地分配到各个地点，考试只是科举的一个形式，研习八股文是个手段，不是科举的核心内涵，科举不但在分配管理人才方面有独到之处，还尽力照顾到各地区的名额均衡，相对做到了地区公平。清朝皇帝推崇“敬天法祖”，以孝治天下，关键就是能通过科举制为中央和地方配置人才，在基层依赖宗族士绅养育道德，“皇位”成了一个承上启下的枢纽。

晚清新政时，舆论界纷纷以骂科举制为时髦，好像无论立宪还是革命，科举制都是个必须清除的障碍。结果，废科犹如推倒多米诺骨牌，皇权的保留不但存疑，士绅阶层也渐渐溃灭。换个角度说，晚清改革就如下棋，皇帝急着废除科举是最大的败着。

科举即废，教化人才配置系统随之崩解，学堂只训练技术人员，很少顾及人文修养，宗族教育本与科举相连，乃是培养基层士绅之场所，不参加科考，士绅制度自然瓦解，王朝运行一旦缺少“教化”扶翼，玩政治的人就会日趋功利，满脑门子争权夺利的念头，晚清的管理系统就如缺胳膊断腿的伤鸟，再也无力腾飞。晚清立宪人才的训练同样缺乏总体构思，全靠临时拼凑。科举进阶有道德考量在里面，一经废除，立宪运动完全缺少道德人心的支持，全凭关系门路，各显其能，于是贿选横行，政坛一片狼藉。怪不得有人大骂民初政治龌龊，小人横行，比晚清还不如，从某种意义上说，是皇帝给自己掘好了坟墓。

可以假设一下，科举不废，皇权虽被空置，所有民主改革照样可以在传统轨道上进行，管理人才自上而下通过科举体制贯穿到乡里民间，皇位是表，宪政是里，如此应机安排，中国的改革也许会有序得多。当然这只是假设，皇权倒塌无疑宣告了皇朝体制彻底崩毁，如一串玉珠脱线滚落一地，无法收拾，一切试图恢复帝制的尝试必然是逆潮流而动，不得善终。袁世凯逼清帝退位，自以为最有承继清朝大统资格，其实他的汉人身份就不具当年满人皇帝统合各族群的多元符号意义。加上军事强人当道，政教体系脱节，都无法使他顺利塑造起自己的传统权威形象，只能在一片谩骂声中郁郁而终。袁氏称帝在一个普通汉人士绅的眼里都是不耻的事情。山西乡绅刘大鹏在日记中有一段描写，说他做梦梦到袁世凯称帝，在山西崇修书院升堂，刘大鹏被迫随着身着朝服的官员拜舞，觉得羞耻之极，欲死不能，当袁氏秉笔书写他的名字准备封赠官职时猛然惊醒。刘大鹏赞成复辟，却主张宣统复位，袁氏当他的臣子才符合君臣之义。可见在一般汉人眼中，满人皇帝仍具有无可争议的正统性，至少在他们的心中，还拖着一条皇帝残留下来的长长身影。

“杀千刀”的故事

“凌迟”与“砍头”到底有何差别？我一直对此不甚了了。读莫言小说才知，凌迟与砍头的区别端在于它的慢，“砍头只当风吹帽”，忘了这是哪个烈士形容死亡的迅速无痛，以示自己的不惧。凌迟却是慢慢切割肉体，让犯人不得好死的一种细活儿，专在拖延痛苦时间上见功夫。这活儿到底细到什么程度，莫言在《檀香刑》里有几段描述，如第九章引明代杀人秘籍中的一段话说，凌迟分为三等，第一等割三千三百五十七刀，第二等割二千八百九十六刀，第三等割一千五百八十五刀。不管割多少刀，最后这一刀下去，一定是罪犯毙命之时。何处下刀，每刀之间的间隔，都要根据犯人的性别、体质精确计算，如果没割足刀数犯人已经毙命或割足刀数犯人仍还活着，都算刽子手失误。成功的凌迟，犯人流血很少，开刀前突然一掌拍在胸口，封闭了犯人的大血脉，使他的血全流在腹部和腿肚子里。这样才能像切萝卜一样用够刀数，还能保证犯人数天苟活不死。如果活儿干得糙就会闹得血流四溅，腥气逼人，影响刽子手对犯人全身经脉布局的观察，难以准确下刀。凌迟中每片肉的尺寸都有严格规定，割下来后要由监刑人或围观者赏鉴一番。

读这类凌迟的描写，倒不是因杀戮的血腥场面常常带来感官的不快，而是惊讶刽子手心理承受力的强大和折磨手艺的出奇精湛。试想一个血肉模糊的人体挂在杆子上，刽子手大汗淋漓兢兢业业地从人身上一片片往下削肉，几天下来如能做到手不颤心不抖，恐非一般体力心力所能忍受。所以《杀千刀》的作者卜正民才说，凌迟的主角并非犯人而是刽子手，犯人就像俎上之肉，只是供刽子手施展手艺的活道具。《檀香刑》中还有段极致的描写，说刽子手赵甲的师傅平生顶峰杰作是寸剐一名美妇人。这场凌迟要求罪犯不能过度嚎叫，也不能一声不吭，最好是适度地节奏分明地哀号，既能刺激看客的虚伪同情心，又能满足他们邪恶的审美欲。寸剐美女的代价是这位刽子手从此终身不举。

看杀人的文字，难免脑中会不断闪回出鲁迅在日本观看电影中砍杀中国人头的场面，这段熟悉得早已让人生厌的桥段，反复提示鲁迅的思想转变源于憎恨国人围观屠杀的冷漠。不过我倒是有另一种观感，发觉凌迟现场人头攒动的人群并非都处于麻木状态，而是表现出如观戏般的莫名兴奋，甚至可能会演变成一场狂欢，尽管看客骨子里透着冰点般的冷漠，在现场却未尝不能激发身心的愉悦。明末名将袁崇焕被寸桀，百姓蜂拥上去争食其肉，就是人心变硬的最好例子。据说外国游人偶经刑场还看到过刽子手把一片片切下来的肉片甩向人群，引发阵阵骚动。所以刽子手的出色表演是为大众服务的，有意抻长死亡时间有利于延续看客的狂欢节奏，维系滋养娱乐的气氛，让他们尽可能沉迷其中。在漫长的凌迟刑期内，犯人肉体的展示一直给熙熙攘攘的围观人群设置了一道悬念，引诱着他们在数天内不断关心受刑人的伤势，长久地咀嚼犯人的痛苦，以达到没事偷着乐的效果。

如果说寸剐人犯真能比普通砍头震慑人心，那就是不断显示一个完整的肉体是如何被一点点肢解破碎的。中国人相信身体发肤受之父母，毁损身体不留全尸是对犯人亲属的最大侮辱，死亡与否倒还在其次。由此可以理解，当满人入关，强制剃发为什么会立刻掀动拼死抵抗的狂潮。江南士子蓄发与否不是一个简单的装饰习惯而是一种仪式和文化，满人意识到，如果不从仪表上彻底改变汉人形象，摧毁他的自尊心，就无法让他们乖乖接受统治，为达此目标即使屠城灭族也在所不惜。

无缘无故损毁他人肢体在明代以后当属重罪，会遭凌迟处死。《大明律》对“采生折割”的处罚就是一律凌迟，决不宽容。“采生折割”指的是通过妖术切割受害人身上某个器官当药引子，用来治病，是戕害人命的大罪。古人迷信吃什么补什么，似乎至今仍有人效仿。《大清律例》延续了严厉的惩罚标准。遵循的原则仍是伤害他人的人必须遭到同样的伤害，就像拿一面镜子照到自己，有时也称为“镜刑”。据说犯人被砍头，流出的血可以治病，可见凌迟的时间拉得越长，生意当然就越红火，剐刑场极易变成生意场。鲁迅小说《药》中的老栓，用死刑犯的鲜血蘸馒头给儿子小栓治病。那个提着人血馒头的黑衣人向老栓喊道“一手交钱，一手交货”，显然是在做杀头生意。痛恨身体残缺却又好在断头刀口上吸血，这都是些什么样的中国人？

到晚清，杀人砍头的轰动效应有锐减的趋势，具体表现是凌迟的时间大大缩短，剐割的刀数也减至数十刀。对身体施虐的仪式感和对犯人痛苦的欣赏热度大大降低。西人曾拍到晚清最后一次凌迟处死的照片，刽子手在切割数刀后迅速一刀插进犯人心脏，将他杀死，然后再砍掉四肢，最后割下头颅。整个凌迟过程只用了三十六刀，而且犯人很可能在行刑时服下大量鸦片神志不清，大概是为了止疼。凌迟变得如此草率必然让围观人群大失所望，因为他们无法观赏到犯人因死亡时间不断延迟带来的痛苦挣扎，也就无法感受到当年的狂欢场面。这正说明晚清刑讯向人道改革又迈进了一步，那就是逐渐淡化用摧残肉体的程度衡量教化效果的旧思路。

《杀千刀》中引用了不少西人出版的清代刑法绘画。这些绘画不一定是洋人自己的作品，大多都是所谓“外销画”，由广州的中国画匠完成。他们根据洋人的口味绘制出各类水彩画，据说吃这碗饭的人数量惊人，曾有六千人之多。过去画匠作画多是表现才子佳人的风月生活，只有个别绣像插图偶尔出现行刑的画面，可是为了生意，通商口岸却诞生出一批专门揭露清廷司法丑态的画师，真算是此行业中的一朵奇葩。

他们熟知洋人的心理需要，有意歪曲修正中国的司法实情。在《中国的刑罚》这本画册中，每幅画作的行刑场面全无观众，展示的均是各类刑罚的特写细节，好像每幅图像都是杀人的技术草图或教材样本。这类绘画常常把已经废除的刑罚当作历史常态进行描画，比如清初有人偷了东西要被割脚筋，但这个刑罚在乾隆三年已明令禁止，又如贯耳穿鼻之刑在顺治年间就已废止，却在洋人画册里堂而皇之地反复出现。

即使处理同一类题材，中西绘画的取径也会不同，如西画中有一幅《被流刑的男子》，画面上只出现犯人和差役两人，犯人满脸痛苦地扛着重枷，看上去步履维艰，那差役脸露凶恶牵索疾行，显然是在威逼犯人赶路。与之相比，《大清律例图说》中有一幅描绘流刑的画面，采用的是绣像白描工笔技法，集中表现家人与流放者告别的伤心情景，标榜犯罪对家庭造成的生离死别，图示道德教化的柔性一面。

在一般西人看来，中国的死刑执行场面恰恰缺乏审美和舞台效果。中国杀人不像西方那般兴师动众，搭设高台组织观看，还拉出隔离线严加警戒。刑场似乎不限制围观者接触犯人肢体，所以才有人血馒头的交易。在洋人眼里，围观人群更像是一群嗜血动物，准备随时扑向猎物，死刑极易演变成一次恐怖的外科手术。中国的死刑还缺乏神圣性，西方对杀人的展示刻意向基督受难的情景逼近，受刑人也如基督般经过洗礼，才有进入极乐世界的资格，犹如一次灵魂升格的展演。参与者不仅有刽子手和犯人，还有神职人员，一起为引发宗教忏悔情绪频繁互动。

福柯描述达米安因行刺国王被判死刑，当四马分尸时，达米安因过度痛苦鬼哭狼嚎地哀叫起来，呼喊上帝可怜我吧，耶稣救救我吧，尽管他一贯满嘴污言秽语，临死却希望得到救赎，站在旁边的圣保罗地区的牧师年事已高，他竭力安慰受刑者，教诲在场的所有观众。在西方，死刑犯肉体遭受折磨时，总有人在旁诱使他忏悔，以宣示人间审判和上帝裁决相互一致。受刑的时间也与不断忏悔的过程配套而行，犹如交替歌唱的节拍。当然也有不屈从安抚拼命抵制的个别案例，在获过多项奥斯卡奖的电影《勇敢的心》中，当苏格兰起义领袖被施酷刑时就坚不忏悔，拒绝神甫的引领，激情地高呼“自由”，分明是导演为突出英雄高大形象演绎出的狗血桥段。也许终于受不了这廉价的煽情，有人评选历史上最不值得授予奥斯卡奖的电影时，《勇敢的心》不幸名列其中。可以肯定，历史上相当一部分犯人会乖乖跟从神甫的操控，表演出那份众人期待的悲情忏悔，所以西方死刑从不缺乏宗教仪式带来的愉悦感。虽然有一个疑问始终萦绕我心，那就是上帝为什么不能使犯人提早生出敬惧之心，预先制止犯罪的发生？

西式死刑犹如展演一台活杀人体的戏剧，犯人是领衔主演，刽子手是打酱油的跑龙套角色。在西人看来，中国死刑仪式色彩太淡，犯人与围观人群神情茫然，相互缺乏沟通，只是刽子手一人杀戮技术的血腥裸示，技术含量高，却无宗教启示作用。在西方，刽子手常常是在手艺玩砸的尴尬时刻才会吸引注意，比如处理达米安的刽子手没按规定完成四马分尸，只好直接用刀斩杀，引起围观群众一阵起哄。另一个事例是一名刽子手把三个强悍的强盗折腾得死去活来，最后草草吊死完事，也引起群情激愤，最后被投入监狱。

西人为了赢利，也常把中国的死刑场面随意改造附会，比如把悬在木杆上的人体摆弄成十字架上的耶稣模样，有一幅画面很好笑，一个男子被赤裸地绑在十字架上，手上却受着夹指刑法，清代夹指之刑只在女性肉体上使用，而且绝不会把犯人绑在十字架上动刑，这幅画完全是出于想象。所以，在杀人这个话题上，我们可以看出生活在不同文化背景中的人思考问题的差异到底有多大。

细节决定历史成败？

黄仁宇在缅甸丛林中被日本狙击手打了一枪，这是他当国民党军官时发生的事。这打不死的老家伙命还真大，后来居然能写出如下这般锦心绣口的文字。有一天他看到一具日兵尸体，右手握紧喉咙，倒栽葱地插到河里，在孟拱河谷四月的一个清晨，蝴蝶翩翩飞舞，蚱蜢四处跳跃，空气中弥漫着野花的香味，死者身上的一幅地图和一本英日字典湿漉漉地被挂在矮树丛上晾干。这是历史吗？还是一部电影里截取出的蒙太奇镜头？

镜头再切换到南京中央军校的对日战争受降现场，一个特写场面出现了，在此起彼落的镁光灯照耀下，冈村宁次显得局促不安，慢慢握紧拳头。黄仁宇缓缓道出一段旁白："日本人是一流的输家，他们的自制力超群绝伦。"读到这句情不自禁脱口而出的赞词，你甚至有些不相信这幸存下来的"蒋匪"，好像不是被鬼子打中了大腿，而是给打坏了脑子，要不怎么会如此吹捧那杀人如麻的鬼子头儿呢。不过且慢，诸位可别看偏了这句议论，以为是专长敌人志气，灭了自家的威风，如果把这份个人战争体验横向挪移到中国现代史中，还真难说不是一种超越党派对立的新思维，那是从一种在共生共存的搏杀处境中诱发出的奇特历史经验。国共两党曾经在内战中掐得你死我活，势不两立，可是在黄仁宇的眼里，抗战中的共产党一派乐天，充满温情，和叛匪压根儿扯不上任何关系。唯一要提醒的是，不要和他们发生争辩，否则他们会追着你到天涯海角，从戈壁沙漠撵到海南岛，直到你同意他们的论调，才放你走人。共产党虽因信念戒律秉性偏执，个人性格却着实清爽可爱。

黄仁宇回忆中偶及对延安的印象，概括得十分有趣。“在延安，人人每个月领两元的零用钱，如果把钱花在买烟草上，就是享乐主义；如果说了不该说的笑话，就是犬儒主义；和女生在外头散个步，就是浪漫主义。一马当先是机会主义，看不相干的小说是逃避主义。拒绝讨论私事或敏感的事，当然就是个人主义或孤立主义，这是最糟的。毛主席又增加了‘形式主义、主观主义及门户主义’，全都不是好事。”这“主义”满天飞的印象大概源于道听途说，却也不算太过离谱。

对国共两党行事风格的差异，黄仁宇自然有番感性的认识。大抵而言，共产党要求你和他们有同样的想法，但不关心你的外表，至少在战时是如此。毛泽东自己总是一副没理发的样子，衣领也弄得皱皱的。国民党刚好相反，只要你表面光鲜效忠党国，内心怎么想，没有人管你。国民党军校中的方阵训练一向受人追捧，最好的连队踢腿时绷得溜直，每分钟跨幅小于九十步，列起阵来满眼都是笔挺的制服、锃亮的皮靴和明晃晃的现代武器，军容美得让人窒息，足够让美国记者拍上三天。可这军队一到云南前线就缺三少四，必须临时跑到村里用枪逼着村民拉驴子驮物资。军需武器时常被倒卖给附近山头上的土匪，因为带走一挺轻机关枪就能领到七千元现大洋，是一月十二元伙食费的百倍。军队的服饰也不统一，缅甸远征军的头盔是德国造，云南龙云军队却专门订制了法军的头盔，说明军需来源混乱庞杂。在这样的军队中待上一阵儿，自然会放弃自小做拿破仑的梦想。

只有通过细节，我们才知道，经过党派斗争过滤采写的战史是多么无聊。如国民党抗战史抨击红军收编成国民军后仍“游而不击”，与中共党史教材抨击国民党不抗战只当“摘桃派”一样荒诞。抗战之初，红军刚逃过蒋军数度追杀，仍未从长征的疲惫中走出，个个衣衫褴褛，缺食少弹，在平型关击溃日军后勤辎重部队已属勉强，为此还搭上了千把条老红军的性命，才换得抗日“大捷”这点盛名，据传毛泽东为此发了大火，意思是如果再干几次这种赔本赚吆喝的买卖，红军早晚把长征带过来的老本拼光歇菜。所以说红军“游而不击”当然不公平，说“游而少击”大体正确，却也纯属无奈。

黄仁宇从战争亲历者的经验看到战时军需管理混乱无序，无法相互协调，由此放宽视野，观察到中国官僚社会与基层组织之间的脱节。他反对用简化的二分法草率处理国共之争，想寻求更长时段的意义。用道德优劣划分“反动”还是“进步”一直是我们历史教育的惯用伎俩，从小我们脑子里就被灌满了一套“黑白历史观”，虽然满纸显示的都是凿凿可见的铁律和疑似正确的必然，却难以从中发现人的喜怒哀乐，好不容易偶尔闪现出的绰绰人影，也大多如无脑的群氓，或挣扎求生的炮灰。教科书乱扣帽子的一贯做派简单乏味，近乎弱智可笑，它会一成不变地写道，国民党的贪腐是其失败的直接原因。实际上，每个政党都持有各自的道德标准，也有各自的阴暗面，只是厮杀起来都极力掩饰其黑暗的一面罢了。敌对方的阙失会被无情放大，成为诋毁对方的借口。让人没想到的是双方往往在政治对立的外表下却共享着一些人情脉络。

如黄仁宇心目中的共产党员“田伯伯”田汉，侠肝义胆，自由浪漫，很难想象他能把自己的身心关在戒律严苛的党派笼子之内。唯一可能的解释是，抗战期的共产党上层更多把力气花在如何争取农村老少爷们的动员上，对渴望翻身的农民更易实施整齐划一的纪律，城市中的知识人都在“白区”，还可暂时脱离铁打规条的控制，保留浪漫激情的一面。否则就很难解释像杨度这类“帝制余孽”会心甘情愿地为党工作。他们毕竟与去延安的小布尔乔亚知识分子有所不同，在大城市中仍多少享有自由私密的空间。

在《黄河青山》这本回忆录中，你也可以读到，田汉为逃脱特务追捕，竟然一站站受到国民党高官杜聿明、陈诚的加意佑护。可知中国式人情世故在某一刻可以超越信仰分歧造成的矜持与对抗。这倒提醒了历史学家，国民党与共产党某种程度乃同出一源，不少早期党员经历背景重叠，甚至不乏亲戚关系，只不过因政见不同分离四散，在感情上难免藕断丝连，并非一见面就目眦尽裂，非要打打杀杀。前年有一个连续剧叫《人间正道是沧桑》，讲的就是一家几口分属国共两党阵营的聚散离合故事，对长期习惯戴着黑白两色眼镜看世界的国内影视圈也算是个异类。

在国共两党之间还横亘着一种第三势力，这股势力以民主同盟为核心，因为他们喜欢高调大谈民主自由，所以声誉不低，俨然变成抵抗强权的象征。可在黄仁宇看来，这群人纯属书呆子议政，一帮西式海龟怨气冲天，只会痛骂当局，却提不出任何真正的制度改革方案，毫无解决中国问题的能力，只不过暂时充当了一阵国共两党的“皮条客”而已，却刚好对上了美国观察家们的胃口。非常奇怪的是，这帮人喝着美国墨水，却满嘴高喊苏俄口号，大概是因蒋政府靠了美援强化专制，不好与他们为伍，必须跑到敌对的苏俄阵营，拼命为“赤匪”说些好话才显出自己的桀骜不群。所以才被时人嘲弄成“罗隆斯基”和“闻一多夫”。只是后来闻一多挨了蒋家的枪子成了烈士，罗隆基解放后如闲置的一颗无聊棋子，糊里糊涂成了右派，民主同盟这才最终被送上神圣祭坛。

黄仁宇写了《万历十五年》，畅销得一塌糊涂，据说近些年仍和钱穆一起充当着三联书店的衣食父母。但黄氏的野心显然不是讲几个好听的历史故事，他要借此宣扬的是自己的“大历史观”。在有些人看来，那些丰富的参战细节足以让他的历史品味独领风骚，但他一再强调透过细节看长程的变化，宁可把视线延伸到明末，不想拘泥于描写自己的那点内战经验。令他有些绝望的是，放眼望去，几百年后历史细节的变化微乎其微。如他讲当年明朝为了击败满洲人，准备了数月，拥有绝对的人数优势和最先进的火炮装备，却在队伍的组织和移动速率上无法应对满人骑兵和八旗组织，一旦开战，部队被迅速切割分化，终遭大败，火炮在迅捷移动的骑兵队列面前顿成无用的玩具。百年后明军换成了蒋军，失败的情形却几乎如出一辙，仍是后勤组织不力，联络失当，只不过这次是满人后裔面对着装备精良的日本兵。

有时候，动员组织能力与设备的先进与否不一定成正比，有人比较朝鲜战争中美军和志愿军的作战效率，虽然美军全部用军车装备迁徙移动，志愿军经常风餐露宿，食不果腹，但一些微小的细节差异却有可能已经决定了战争的胜负关系。据说美军士兵行军时都会随身携带一条毛毯，如果在雪地泥泞中遇到袭击，不是迅即趴下寻找有利地势自卫，而是慢慢腾腾地先把毯子铺好，怕沾脏自己漂亮的军装，然后才卧倒在毯子上摆出射击的姿势，如此娇弱的士兵焉能打仗？成败也许就在这几秒时间里出现逆转。

与对历史细节的精确把握相比，黄仁宇提出的大历史观却难以服人。黄仁宇有一个著名的论断，说蒋介石搭建起了近代中国的上层架构，毛泽东解决了下层乡村组织的重建问题。猛一看，这说法不偏不倚，各打五十大板，有点和稀泥的意思。实际上黄仁宇订立的中国复兴标准只有一个，那就是模仿西方的现代化道路，把文化导向的社会转变成能够在经济上管理计算的组织，也就是他多次提到的“数目字化管理”。

所谓“数目字化管理”无外是说西方做到了财产权至高无上，超越皇室特权和道德制约，受到法律保护后又能展开多层次分工和多边贸易，并能促成货币管理的一体化。中国的王朝政治太爱把技术问题转变成道德问题，在沟通上下时主要依赖道德修养作为黏合剂，因缺乏中间组织的衔接串联，经常显得无效和虚伪。我以为这种看法有过度迷信西方制度安排之嫌，道德评价一经滥用，固然容易帽子满天飞，棍子随便打，严重起来会杀得冤魂遍地，鸡犬不宁；但“道德评价”和把“道德”作为一种治理技术仍有区别，不是轻易可以下结论的。比如中国传统的宗族和地方组织就发挥着有效维护秩序和慈善救济作用。要想完全摒弃道德传统，无异于把中国看作和西方一样同质的东西，难免要犯当年“罗隆斯基”和“闻一多夫”的错误。

在中国，道德自古就不限于个人修养，而是一门治理技术，否则秦朝在滥用严刑峻法垮台后，汉朝断不会先采道家黄老之术，再转用儒术治国，这肯定是因为儒术作为治理技术比其他方案更能节约制度成本，其中当然包括道德和法律之间的权衡取舍，这绝不是某个皇帝个人好恶能决定的事情。试想，在一个社会管理体系中，是遍派官员天天拿着鞭子监督民众干活，还是让民众自觉意识到干活对自己有好处，哪个办法更容易节省管理成本是不言而喻的，这也恰是儒法治理技术的关键区别之所在。有时候，形式上的法律健全未必能解决所有问题，尤其是中国民众早已习惯了道德教化的柔性管理。

现代人受西方影响，认为依靠缜密计算积累财富并合理分配，加上法律体系的纸面保障就能解决所有问题。没想到这些条条框框一旦引入国内却到处引发水土不服，电影《秋菊打官司》和《被告山杠爷》讲的就是这类情形。国共两党同样没有承袭传统道德中的治理经验以解决日益激化的冲突，尽管两者疏离传统的程度有所不同。蒋介石还讲仁义礼智信，你看他跑到台湾还忘不了把台北街道都标上“忠孝路”这样的名字。只是蒋家的口号尽管喊得响，却因为士绅阶层早已毁灭，没有具体的民间承载者促成这些口号发挥实际作用。毛泽东依靠边缘草根势力起家，一度被看作“痞子运动”领袖，本来就仇视乡绅，不断嚷着要打倒“绅权”，革命的基本目标直接指向传统道德，从这点看，毛泽东更像是个激动好斗的“五四”青年。“文革”中人人都讲“斗私批修”，树模范立典型，貌似是一种诛心虐性的传统教化模式，然而这些匆匆树起的招牌仅仅从属政治运动的具体目标，多是心血来潮之举，背后没有组织做基础，难以形成固定的制度安排，自然谈不上深入人心。特别是在“阶级斗争”氛围下被毒化的心灵，相互敌视的阴影无法轻易消除，人性中充满戾气，就更难看见道德复兴的希望。黄仁宇的大历史观对此现象根本做不出合理解释，这也是迷信数目字管理的现代人最需要反省的地方。

中西艺术的差异何在？

国家博物馆展出罗丹艺术回顾展，整个大厅满眼都是健壮肌肉和丰满裸体。不多的例外是大作家巴尔扎克一袭大斗篷裹住全身，观者只觉他形体高大眼窝深陷，却无缘窥见大作家的一身肌肉。实际情况是，罗丹习作草稿中有几幅巴尔扎克小像，大作家只穿短裤，身材臃肿，大腹便便，一点也不挺拔英俊。在最终的作品中，雕塑家对作家身材做了虚化处理，因作品体态庞大，观者须仰视才能把眼神聚焦在那张霸气凝思的脸上，借此造成气势撼人的效果。

在一幅俊美男子裸体像旁展示着罗丹遗嘱，其中有两句话说到雕塑如何处理“面积”和“体积”的关系，第一句话大意如下：“你们要记住这句话，没有线，只有体积。当你们勾描的时候，千万不要只着眼于轮廓，而要注意形体的起伏。是起伏在支配轮廓。”第二句话像是前句的补充：“希望你们领悟到，所有面积，是正在它后边推动的体积的最外露的一面。你要设想形象正迎着你们，向你们突出。一切生命皆从一个中心上迸生出来，然后由内到外，滋长发芽，灿烂开花。”

罗丹说艺术品要有体积，不必太在意线条，这是西方美术通过透视和立体感冲击视觉的理念，与中国艺术观恰好相反，中国画中的人物往往穿行于山水之间，渺小模糊，身材难辨。如晚明文人张岱所记，当他乘小舟游西湖，觉“天与云、与山、与水，上下一白。湖上影子，惟长堤一痕，湖心亭一点，与余舟一芥，舟中人两三粒而已”(《湖心亭看雪》)。讲究看人如“两三粒”，这两三粒没有重量，不占体积，轻薄薄地点缀在天地之间。读一幅中国古画，人们的眼光总是随着高山群壑呈散点移动，人不过是融化于自然的摆设，是山水的衬托物。

在欧洲逛博物馆，最突出的印象就是满眼高大上，博物馆里的艺术品个个体积超大，不但墙壁上的画作尺寸惊人，雕塑更是远远高出常人尺度，大多须抬头仰望才能欣赏，不由使我产生出“尺寸决定论”的联想。欧洲地盘小，小国寡民，绘画标尺却异常庞大，“大”的感觉几乎无处不在，画幅大、人体大，既占体积又占面积；中国地盘大，大国众民，绘画尺度却以“小”为美，画幅小，人物小，既不占体积也不占面积，更不讲重量。万里山水要用横幅长卷浓缩在掌，徐徐拉开浏览，一点点欣赏，故称“手卷”。可见尺寸的“大”与“小”未必决定文明的性质，却能体现文明的风格。

欧洲地盘小，绘画雕塑拼命扩张尺寸抢占体积的原因，大概是早期艺术大多属于宗教的臣仆，宗教要吓唬人，故意把神殿造大造高是个好办法。宽阔的进深，高耸的柱子，加上华丽装饰的穹顶和尖塔，十字架上的耶稣形容瘦削，神态悲苦，被供奉在高高的神坛上，四周飞翔的天使把这个痛苦受难的形象围在当中，营造出肃穆悲怆的气氛，使人如沐神光，分外敬畏。

在中国，有些好心的学者一心想让孔子也罩上基督一般万众瞩目的神光，殊不知神秘体验乃是宗教最原初的力量，耶稣纵然作为圣子来到人间，成就三位一体的救赎故事，本质仍是全能独一的真神，凡人只有膜拜，不可奢望与神平等。在欧洲即使一个小镇也有巍峨的教堂，恢宏的穹顶，高耸的钟楼，就是要让走进殿堂的凡人感到自身渺小，吾神伟大。天主教做弥撒有吃圣餐的仪式，信徒可以分享象征耶稣身体和血液的面饼和葡萄酒，意思是让神进入人的肉体，与人同在。不过切记，分食耶稣“肉体”后人与人之间貌似趋于平等，并非是说凡人也能变成耶稣，耶稣长成一副人的模样，却永远是高高在上拯救人类灵魂的导师。虽然人是按照神的模子打造，但从亚当夏娃开始就已堕落有罪，只有信仰圣父遣来的圣子才有救赎希望，人是罪恶腐朽的化身，神是唯一永恒的存在。

与耶稣不同，中国的孔子，只是凡人中的博学有德者，《论语》中的孔子不谈怪力乱神，就像坐在弟子中间的一个朴实老爸，没完没了地唠叨他那点人生阅历，孔子平时并不避谈饮食男女，偶尔也会做做封官许愿的俗人大梦。中国的皇帝虽号称“天子”，却没什么神性。当年陈胜吴广造反就有“王侯将相宁有种乎？”的发问，后来流氓亭长刘邦和乞丐和尚朱元璋居然都当上了皇帝，不免让底层百姓生出些没准哪天会大富大贵的遐想。民间更有“皇帝轮流做，明天到我家”的俗语，说明凡人心里幻想着做“天子”，有点跟赌场赢钱相似，说不定谁就能撞上好运。

与耶稣相比，历代画像里的孔子像个谦卑长者，弟子们虽恭敬持礼，也难免会偶尔恶作剧式地调侃老师几句，面对弟子们的耍赖，孔子一点也不生气，经常用父辈口吻循循诱导，师生之间相处总是一副其乐融融的光景。怪不得当年大清官员一看到耶稣血淋淋挂在十字架上的样子就惊悚得头皮发麻，再看到教堂里光线暗淡，一群人黑压压挤成一片，对着高高在上的耶稣残破肢体口中念念有词，心中立刻断定这定是邪教巫术团伙在做法谋乱。

西方人体艺术经历了古希腊罗马时代的崇尚自然和中世纪的压抑内敛阶段，到文艺复兴时期，提出了“人的发现”的口号，按尼采的话说就是“上帝死了”，那是指神的信仰被俗人动摇了。肉身凡化的过程其实更为直接，古代神话里健康灵秀的神仙肉体本来就是按人类的面庞身段量身定做，“人”和“神”即使在精神上不能平等，至少在肉体的尺度体积上也要力争一致。重新发现人性，自由展示人体是欧洲启蒙运动的遗产之一。

罗丹作品中有一座法国作家雨果的巨型雕像，令人惊讶的是，一脸深沉严肃的雨果身边却簇拥着两位美丽的裸女，她们是激发大作家灵感的缪斯女神。这类创意在欧洲司空见惯，可在中国若有人胆敢照此模仿，比如在某个大作家哪怕是以放荡著称的李白身边放上两个裸女，不被骂死才怪，理由是岂能把诗仙李白亵渎成洗脚城内的嫖客。在中国，只有韦小宝式的流氓才敢左拥右抱，却别想挤进艺术雕像的神圣殿堂。

道理并不复杂，中国人与神之间实是一种利益交换关系，神只有给出实实在在的好处我才信，没有利益回报赶紧滚一边，立马换神。据人类学家调查，福建乡下的崇拜偶像多达数百个，估计其他地区情况也差不多，人与神之间没有信仰交流的关系。而在欧洲，教堂、纪念碑、广场喷泉、街头小品随处可见人像雕塑，有古希腊神祇，有圣经人物，有历史传说和民间偶像，人们直视裸体习以为常，反而没了猥琐亵玩的心理。当每个人都可以公开凝视肉体时，艺术就变成了一种公共行为。宗教艺术也自然成了文艺复兴时期大众文化欣赏的前提和基础。

中国唐代是民族性格最为健康奔放的时期，艺术作品中的人像壮美健硕，妇女体态丰腴，穿着暴露，情感表达自然开放，男女交往自由。不像宋代以后，满眼都是道学家用贞节观念捆绑女性，妇女体态以纤瘦示弱为美，缠脚盛行，莲步轻移。衣衫裹得越紧，道德禁忌越多，反而诱发男性对女性身体的各种想象，催生出淫邪色情小说的日益流行。

中国的道德导师大多是身边的凡人，道德教育是熟人之间的传习，艺术是士人之间相互交流的活动。宋代以后，文人画的收藏与品鉴日趋私密，几乎成了小圈子关起门来传递情调的游戏。大尺度的肖像画只有皇帝和家人才能独享，宫廷画里的皇帝经常身穿龙袍正襟危坐，两眼孤独地目视前方。中国人的动态裸体只能表现在春宫图中，元明以后印刷术发达，小说话本如《肉蒲团》《金瓶梅》的插图绣像中大量出现性交场景。据说大户人家女儿出嫁，嫁妆里总随带着几幅春宫画，算是给新婚夫妇备下的性教育课本。还有一部分春宫画里的男女并不是全裸，而是衣冠散乱云鬓蓬松半遮半掩，与周围的幔帐梳妆台床铺首饰混搭交融在一起，营造出的是另一种欲遮还露的朦胧情爱场面。春宫画里的裸男裸女仅用工笔线条描述各种性交体位，完全没有西方雕塑中男女肉身纠结缠绕的立体视觉冲击力。更重要的是，中国绘画仍是把裸体当作不能宣之于外的男女性事表现，而不是自由展露于殿堂的公众艺术作品。

近代以来，中国不断受到欧美艺术潮流的冲击，也不断改变着对线条体积厚度的美学理解，特别是对人体的直接表现充满好奇。我还记得，上个世纪八十年代中国美术馆举办第一次人体艺术大展时的空前盛况。展览大厅里人头攒动，拥挤不堪。有趣的是，针对不同风格的展品出现了人群分流，那些工整细腻趋于写实的女性人体油画前往往被数十人蜂拥围观，有些人冲破缆索，恨不得趴到画面上细细查看，那些表现人体相对抽象的前卫作品前却观者寥寥。同样，与观看女性人体作品的人群一直汹涌不断相对照，男性人体画作却少有人光顾。面对这种奇特的现象，性压抑的释放只是最浅薄的一种解释，在现代意识影响下，国人对人体艺术的鉴赏仍处于启蒙阶段才是最深层的原因。假设这次人体大展放在今天，我估计展厅里的工笔裸女画前再也不可能涌动着如此众多的饥渴人群。事到如今，早已见多识广的国人审美意识是否已开始向欣赏朦胧人体的方向转变了呢？但愿如此。

读史凭什么看洋人脸色？

一八四八年，一个名叫斯卡思的洋人写道："我换上中国服装，打扮成一个中国人的模样，请理发匠剃光我的头发，在帽子上系一条辫子，这辫子是从一个汉人的儿子那弄来的，用一副茶色眼镜遮住我这个夷人带有自然色彩的眼睛，于是便无所顾忌，不怕被人发现，然后才出发。"斯卡思这身不伦不类的装扮让我想起小时候看《地雷战》，鬼子渡边打扮成村姑骑个小毛驴战战兢兢去偷八路地雷。十九世纪中叶，洋人在中国的活动还只限于上海、宁波、福州、厦门、广州这么几块地界，他们待上半天就得赶紧往回奔，好像乡下的黑夜里到处晃动着中国人偷窥的恐怖眼神，随时会捕杀他们。在洋人眼里，中国农村完全是个常识无法把握的黑暗世界。文献中曾记载过一个"猫钟"的故事，说一名传教士向一个牵着牛的小伙子询问当地是几点钟，小伙子没有马上回答，而是飞快跑回村里抱来一只猫，扒开眼睛看了看瞳孔才回说不到中午，这个故事常被用来嘲笑中国人缺乏准确时间观念。

翻看那时洋人旅行中国的记述，常常不知是夸是贬。马嘎尔尼使团成员巴罗就说过，中国民族具有双面的特征，既傲慢又自私，是伪装的严肃和真实的轻薄，优雅的礼仪和粗俗的言行的结合体。如果换篇传教士的记载看看，满纸又是中国村民如何热情质朴的阿谀话，如说东方人最优秀的品德就是友善好客，他们极其开放、坦率和善良，彬彬有礼、乐于助人。还有人说跑到中国农村一点也不感到害怕，那里的人们见到游客一定笑口常开，争先恐后把陌生人邀请到家中做客，大方得有点过头了云云。

最让洋人不解的是中国人实在太过客气，当客人向主人道别时，他绝不会马上掉头就走，而是会面朝主人连续作揖，步步后退，哪怕他要经过三四个院子，也要慢慢倒退着离去，也不怕一不留神后仰摔个跟头。每次告别礼仪都要繁琐到扬尘舞蹈方才作罢，表演得太过卖力，反而显得极不真诚，更过分的是中国人在写信时特爱咬文嚼字地表达敬意，让人很不耐烦。另外一种舆论倾向于揭露中国人的阴暗面，如写过《中国总论》的卫三畏就断定中国人是两种相反性情相互杂糅的奇怪动物，兼具炫耀的仁慈和天生的疑虑，仪式化的礼貌和现实的粗鲁，聪慧的发明和奴仆般的模仿，他们勤劳却又浪费，溜须拍马和自我依靠等等阴暗和光明的品质奇妙地混搭无间。洋人对中国的误解有些出自西方中心的偏见，有些则纯粹是无法理解国人委婉细腻的表达方式，才会闹出鸡同鸭讲的笑话。

洋人对中国文学的隔膜同样严重，有人评价《红楼梦》就说内容太过冗长，枯燥琐碎，千篇一律，空洞无物，显然是因为他们无法品味和理解小说中特定的细微情节。据说现在有个排行榜，《红楼梦》在青年心目中名列难以卒读名著之榜首，这大概与他们越来越贴近洋人的阅读习惯有关。中国戏剧也被视为布景太过简单，演员的表演粗俗造作，缺乏对角色心理过程的刻画，完全领会不了其中简约写意的表现手法，戏剧台词的幽默也被看成是猥亵下流。这种偏见的形成与习惯把西方标准当作唯一判断事务尺度的心态不无关系。再如中国诗歌被认为运用高贵严肃的想象挖掘感觉之外的东西，被武断归因于中国诗人内心深处没有太多的宗教激情可以宣泄，缺乏深度和灵气，在表达超凡世界或上帝意念方面无能为力。这是凭借欧洲宗教意识判断文学优劣的又一个例子。这种偏见会弥散到各个领域，最终形成对中国的总体印象。黑格尔就指出，中国哲学的根基性人物孔子就会说点家长里短的俗话，假装出一副熟知现实智慧的嘴脸，其实根本没啥思辨能力，孔夫子的这些平庸说教在欧洲思想中俯拾皆是，他举出了西塞罗的《论善与恶之定义》，说里面讲的道理更具综合性，比孔子的繁琐说教厉害多了。

平心而论，洋人对中国的认识也不尽是谬论，比如他们认为中国文字是表意的，比西方的表音文字更加优越，因为只有表意文字才是维系国家大一统的重要纽带，不受发音变化和方言的影响，一个山东人也许不懂一个广东人说的话，但他们却能用相同的文字表达同样意思。中国人的观念中天生就存在有组织的协调一致的思想，下级服从上级被看成自然而然和心甘情愿的事情，因此就容易形成屈从父母权威的意识和对集权制度的尊崇。有些批评也不无道理，理雅各就承认孟子认为人性本善，拥有正直、礼貌和辨别好坏的禀赋，却又不能解释那些天性本善的人为什么会变得如此败坏邪恶。对中国法律的评价有时也会因为站在中国的立场体会，少了一些西方式的傲慢，马嘎尔尼使团成员斯当东回国后对《大清律例》大加赞赏，一八一〇年居然亲自把它译成英文，欧洲舆论也认为《大清律例》的规定简洁明了，处处渗透着实用知识和欧洲式的美感，在细节内容和文字表述上没有任何一部欧洲法典比《大清律例》易懂、灵活、实际，便于具体运用。

如果划出一道光谱观察，十六世纪与十九世纪洋人对中国的描述常常大相径庭，相互打架。在十九世纪中国文人的记载中，士大夫身姿总是那么优雅飘逸，在洋人笔下却是种不愉快的体验，如一个洋人曾看到一只华美轻舟上的绅士头戴用细圆柱撑起四角的方形小华帽，身着白色亚麻、蓝丝和缎子做的衣服，手拿扇子，身边的小方桌上放着茶碗。他是这样评价的：即便你没注意到他白皙的细手及病态的外表，他们与那些裸露着褐红色皮肤的健康下层人截然不同，几乎都是一副令人厌恶的病态像，天朝上层阶级脸上显露出来的不仅仅是一种女气味，许多陌生人甚至一瞥见他们就会觉得恶心和讨厌。

可就在两个世纪前，洋人对中国的一切还艳羡得口水直流，因为在十六世纪后期，当传教士和旅行家踏上东方探索之途的时候，欧洲已被宗教和政治战争闹得四分五裂，到处满目疮痍，破破烂烂，贸易中断，城市毁灭，道路桥梁失修，溃散的士兵和不法匪徒四处游荡抢劫，大部分时间法国都陷于内外战争的煎熬之下，国家已经崩溃和破产。西班牙和荷兰的叛乱也持续了多年。被称为“三十年战争”的宗教冲突严重削弱了神圣罗马帝国的实力。史载，战争使神圣罗马帝国损失了三分之二人口，六分之五的村庄遭到破坏，北方三分之一的土地荒无人烟，贸易被法国和荷兰人垄断，教育无人兴办，人们举止粗野，迷信滋生，道德沉沦，“这一切就像一个发狂的巫婆所看到的世界末日景象一样”。东方却被看成是装满香料、珠宝和药物的宝库，是瓷器、丝绸、缎子、牙雕玉刻和五金工艺等奇妙优美产品的加工厂。在如此巨大的反差之下，洋人遇到中国人时脸色自然不会难看，而且对中国的繁荣露出一副垂涎羡慕的表情。

洋人对待中国脸色并不难看的原因，还在于当时“科学”发展还没有强势到见谁灭谁的地步。十六世纪欧洲出现了一批艺术家和科学家，据说这帮人发动了一场名叫“天文学革命”的运动，这场革命横扫数学、物理学、医学、生物学和政治学诸地盘，大有一统天下之势，不过这时候的“科学”道理讲起来太抽象深奥，不但没几个人懂，更没有机会转化成实用技艺。十八世纪以后，科学研究发生了井喷式的爆炸效应，一切抽象的设想纷纷幻化成一个个令人瞠目结舌的实用成果，科学转化成生产力的神话犹如点石成金的魔法故事。欧洲人自信心爆棚，有一个洋人甚至觉得在中国内地艰苦传教，慢慢开启国人信仰之门的时间过得太慢，干脆把汽船直接开到内河取代那些古老的破船岂不痛快！到了这时候，耶稣会士捏造出的“中国神话”仿佛一瞬间如泡沫般破灭掉了，原来狠夸中国的洋人也纷纷转向，大说中国的坏话，比如痛骂中国是集权专制的国家，小民甘当奴才，没有人民主权意识等等，骂得最起劲的名人就包括写过《论法的精神》的孟德斯鸠。

洋人观察中国的眼色变得阴晴难定，不会凭空而来。法国酝酿革命，资产阶级若想干掉贵族取而代之，美化中国制度是最顺手好使的攻击武器，所以才有伏尔泰好话连篇的赞颂，这位启蒙大师说中国的文官制度多么多么公平，这番好话不能说言不由衷，却显然另有目的，明明是暗讽法国贵族站着茅厕不拉屎，赶紧让没什么世袭位子的资产阶级取而代之才是正理。这不纯粹是借夸咱家祖宗浇他家胸中的块垒吗？有时他们的话可千万别当真，否则咱们真可能落下个癔症，凡是洋人一夸，就自恋得要命，洋人一贬，就伤心得无地自容。洋人活得好好的，咱们自己的喜怒哀乐反倒要看他人脸色，岂不是活得太累了。

仔细推敲十八世纪的洋人言论，也不都是谩骂羞辱。英国人就觉得中国公开考试录用文官是最好的制度安排。一八六五年，美国居然还有人向参议院提交改革政府文职机构的方案，主张向中国的科举制度学习，用考试选拔官员。尽管遭到部分人反对，担忧考试选拔制度纯属外来货，破了美式制度纯正无邪的处女膜，可国会报告却为中国说上了好话。呼吁正视世界上最文明最古老的东方政府为什么一直要求采用考试录用官员，说明定有可取之处。

有趣的是，洋人欣赏科举制是因为它引进了人才竞争机制，而不是赞赏其考试内容，他们觉得科举八股文章循规蹈矩陈腐落伍，无法包容自然科学的东西。可这种区分性的认知到了国内却被误解成科举制本身就是个糟糕的制度。晚清本来议论的是局部改制，目标主要集中在如何调整科举考试的内容上，结果一开批八股文，引发群情激愤，大家伙儿一激动干脆把科举制连根拔掉了，这就如同给婴儿洗澡后，连水带婴儿一起倒得一干二净。现在回过头看看，科举制还真不能只当作考试制度对待，科举制实际上具备了多种功能，它是一种相对公平的人才分配制度，虽然晚清参与科举人数大量增加，导致大部分人无法进入官僚系统，但不少人习以为常地被埋在底层踏踏实实地从事基层教化工作，反而卓有贡献。

科举除了具有人才选拔和分配功能之外，还有某种“代议”的职能，这是以往所忽略的一个面相。现在舆论界老是动不动就大谈清末“宪政”，谈“代议制”在近代变革中的成败得失，好像也没议论出个什么结果，因为中国根本无须从西方的代议体系中直接横向移植，中国的科举制就有相似的作用。首先，科举制按区域分配考试名额，特别注意均衡考虑文化发达和薄弱地区的人才分布状况，名额安排会适当向边远地区倾斜；其次，经过考试选拔的人才分别集中在上中下三个层次，特别是下层的举人秀才会沉潜至底部，形成士绅阶层，他们承担着修桥铺路、济贫扶困和道德教化的多重职责，民众的声音也往往会透过士绅一层向上渗透，士绅实则是古代社会的民意代表，因此科举制也可以说是一种变相的代议制度。废除科举后，高考制度即有模仿科举的一面，它部分解决了教育资源分配不合理的状况，却再也无法复制士绅的代议功能。当然，洋人看中的仍只是科举选拔官员的一面，其代议职责的作用需要更多进行阐发。一句话，与其总看洋人的脸色行事，不如咱们自己从新掂量一下身边的历史，从中找出一些可以延续和发扬光大的经验，好好加以珍惜和利用。

国民性是如何炼成的？

在美国名片《夺宝奇兵》中，大明星哈里森·福特戴宽边毡帽，穿紧身皮衣，深入丛林，挖宝探秘，俨然一副活跃在蛮区野人中的西方探险英雄形象，这批人常常被叫作人类学家。当年他们一个个灰头土脸地钻进原始部落里学说蛮话“鸟语”，和野人同吃同睡同劳动，忙着观察异族人的生活，苦是苦了点，大家还是纷纷表态说，混到这群人堆里才发现他们原来和自己真的很不一样，太好玩了，于是发明了一个煽情的说法，叫“文化多样性”。长此以往，连“野人们”都感动了，他们猜想，放着吃香喝辣的好日子不过，这些白皮肤的家伙凭什么跑到咱这地界过苦日子，一定是遇到好人了。没想到后来问题严重了，这些野人居然不知好歹，慢慢生出了一颗要和西方人平起平坐的不安分之心。

还是一个偶然事件打碎了野人们的玫瑰梦，有一年，人类学大腕马林诺夫斯基的田野日记被披露，日记中马大师说了不少部落野人的坏话，这个负心举动着实把原始人给得罪了！原来西人假惺惺地跑来和咱们搞三同，就是为了嘲笑俺家不如西人。十九世纪后半叶，西方外交官和传教士大批涌入中国，他们不和中国人搞三同，而是谨慎地保持距离，浑身充满优越感，他们写出的一批观察文字，与人类学家对原始人群的考察完全不同。这些文字被冠以一个学术名称叫“国民性研究”。“国民性”是西方人观察东方人时戴上的一副眼镜，用它透视东方，就如同查看一个人身上生来就抹不掉的胎记，一个民族的性格气质就这样被命定了。这个说法在晚清民初很流行。如果我们看电影，或看国耻教科书，里面总有“东亚病夫”的叫法，不妨看作是洋人给我们打上的一个胎记。

总的来说，凡来过中国的洋人，说坏话的较多，说好话的较少，一九四四年的美国中小学课本里，涉及中国的部分往往与辫子、缠足、水车、火药、长城、宝塔和神殿混搭在一起，明明是咱们引以为豪的优点，在洋人眼里恰恰是偏执和怪癖的表现，这让咱们很不爽。比如说吃苦耐劳本来是中国人的美德，到了洋人嘴里就变成了“神经麻木”“呆傻蠢笨”“忍辱偷生”这样的贬义词。

有的话说得更损，如说中国人可以整天占着一个位置，以任何姿势在任何地方睡觉，似乎不需要空气，极度拥挤也没让他们觉得有何不便。写出《中国人气质》的明恩溥脑子里曾闪现出一个恶作剧式的念头，他很想做一个试验，看看中国人如果躺在一架三轮推车上，像蜘蛛一样大头朝下，张大了的嘴里含着苍蝇，是否真能睡得着。这不是蟑螂是什么？在洋人的书中，中国人往往是些狡猾、没有神经、没有灵魂的人物，甚至智力迟钝的幼儿都被蔑称为“蒙古人种”，仅仅是因为他们长着一副东方人的面孔。在美国人的印象里，拥挤的蜂窝状唐人街到处挤满手拿鸦片烟管的人群、沿街卖俏的妓女和寻机贩毒的游荡闲人，窗帘背后不知什么时候就会突然伸出一把匕首。在美国的童年故事中，华人洗衣店老板的柜台后永远藏着一把随时准备劈人的大砍刀。《美国的中国形象》这本书的作者调查了一百多个美国人对中国的印象，中国人的另一个形象也许是“餐馆老板”、“洗衣店工人”，或者干脆就是“异教徒中国猪”，他们无知、肮脏、迷信，为驱赶龙和魔鬼猛劲敲锣。野蛮的中国佬、港口的奢靡与棚户区的脏乱、诡诈的坏人、鸦片走私，构成了对中国的陈旧记忆，最终凝聚成一个邪眼看人的电影形象傅满楚。

一般来说，传教士的感受就像每个要走向院子必经的门厅通道，洋人塑造中国形象都要穿过这条历史长廊。在传教士眼里，中国人深受疾病折磨，没有灵魂信仰，是一帮亟须拯救的可怜人，同情和怜悯是他们描述东方形象的基调。个别的正面描写零星存在，只是少得可怜。曾生活在传教士圈子里的赛珍珠，算是个例外。在她的笔下，中国农民并不自私、邪恶和残忍，而是善良、坚强和韧性十足。这类观察在战争状态下往往能得到验证。赛珍珠也曾描述中国人具有以下弱点：缺少诗意，极端现实，太讲实际。艺术家从来不是一个为艺术而艺术的艺术家，只是一种手段和哲学。中国人中不可能产生马蒂斯和高更，也不会产生毕加索。中国人从不喜欢动物，绝不会为爱去死。他不以自我为中心，在每一件事情上都与脆弱的感情格格不入。这种千篇一律的一致性与美国人的多样性相比，本是致命的弱点，在战争爆发后这些弱点却突然不那么遭人厌恶，相反还转化成了令人羡慕的优点。在艰苦的战争环境里，洋人自诩心灵敏感纤细，这些艺术家的气质却不幸变成了坚持到胜利的障碍。

比较典型的一个议论出自美国总统赫伯特·胡佛，这位当年围攻过义和团的退伍军人，老中国通，他脑子里的亚洲时间和欧洲北美时间大不一样，似乎过得更慢一些。在那里，政治运动是以十年或百年，而不是以几天或几个月来度量的。在过去这无疑给人历史停滞落后的印象，可是一旦和日本打起仗来，中国人原先神经麻木的性格却尽显坚韧持久的优势。日本哪怕占领了全部中国领土，中国人的慢性子和忍耐力都会化解一切危机。因为这个民族遵循的习俗延续了三千多年，而且是经过十几个异族王朝的冲击才维持下来的，根本不用担心日本化。相反，日本占领的时间越长，被中国人吸收或驱赶的危险就越大。就这样，原来被贬成无扩张性、无生气、屈从奴性、处世消极的那副国人嘴脸，突然变得憨态可亲、楚楚动人，乃至中国人不顾性命勇于牺牲，也会遭到善意调侃。一个流行在欧美的冷笑话说，一个中国人接二连三收到战报，一千个日本人和五千个中国人死亡；五千个日本人和两万个中国人死亡；一万个日本人和十万个中国人死亡。中国人每听到一次战报就报以欢欣的微笑，外国人惊讶地问，遭受成倍损失你却为何如此高兴？中国人哈哈大笑地说：好极了！要不了多久日本人就要死光了。这个冷笑话大概是想突出中国人残忍无情，对生命冷漠蔑视，然而，在战争状态下，这冷笑话却又可理解成中国人拥有为了某个目标前赴后继奋斗到底的精神。

所以，国民性真是个令人难以捉摸的东西。有人形容它像森林里出没的怪物“雪人”，遭到无数猎人的追逐。人们相信，在它巨大怪异的身材和皮毛中隐藏着真实的故事，却迄今为止没有一个猎人声称他捕获到了真正的雪人，更别提剥皮解剖验明正身了，也许雪人本身就不存在。还有一种说法，国民性就是西方人集体编造出来的一个神话，专门用来诬蔑中国人，故意想让中国人心理难堪。甚至像鲁迅这样的大文豪都被老外忽悠了，当起了替他们批评同胞弱点的枪手。在一些迷恋后殖民理论的知识精英看来，所谓国民性就是西方殖民主义刻意矮化中国人的一个阴谋。不过是论证西方比中国先进的又一个借口，我们可不能就这么轻易地上当受骗啊！

在我看来，国民性到底是个什么东西并不重要，重要的是，洋人揶揄挖苦国人的陈旧习气，难道从来都是编造谎言的无聊举动吗？如果我们总是把洋人的警告统统揣摩成对中国人不怀好意，那么我们离阿Q遍地复活的尴尬日子也就不远了。道理并不复杂，有些习惯是在文明的新标准下渐渐滋养而成，也许这个文明的标准由西方制订，再向全球推广，却在不同种族承认的前提下达成了共识，不能因为它是洋货就随手贴上“殖民”的标签，好像不但要声讨，还得冲过去踹上一脚才算过瘾。

举个不一定恰当的例子，一个中国人往地上吐了口浓痰，遭到“不讲卫生”的指责，如果有人说，那吐痰一定是国粹，真真批不得！或者说你怎么就不懂文化多样性的道理呢！那你一定觉得此人神经有毛病，没工夫搭理他。可是人家如果打出“批判国民性”乃是西方糟蹋国人的阴谋这块挡箭牌，你还真不敢轻易说个“不”字，唯一的办法就是往这些可爱的人们脸上加吐一口浓痰，以示支持。肯定还有人故意频频吆喝，大声叫好！不难想象，我们的城市不久就会到处痰迹斑斑，我们周边的环境也会迅速变成一个巨大的垃圾场。

其实，“卫生”一词的发明在西方也是晚近的事了，当年伦敦城内同样是污秽遍地，屎尿横流，后来才有了清洁的观念，慢慢变成大家共同遵守维护的标准。对国人“不卫生”的指责，是世界共有的文明指标在起作用，与特定的种族歧视无关。如果我们还是像过去那样习惯二元思维，不是献媚西方就是把对国人陋俗的批判想象成帝国主义在要坏心眼故意整人，那么，中国要想令人尊敬地步入现代文明可真是没指望了。

中国人为什么总是好为人师？

中国人好为人师，大约可以从孔子在世时算起。孔子一开始喜欢当君王的老师，不辞辛苦到处推销自己，可惜没有几个王看得上他，还时常遭人揶揄，最终得了个“丧家之犬”的名号，无奈只能私底下找些学生开班授课。孔子这样不受人待见，后来开始有人出来为他打抱不平，慢慢把他捧成了儒家的圣人。“儒”最早就是专门为“王”服务的神职人员，负责为王们在办事出行前观测天象，沟通天地，预卜吉凶，俗话中所说跳大神的“巫”就是指这批人。跳大神要有规矩，蹦跶久了形成仪式，就是儒家常挂在嘴边的“礼”。春秋战国时期，“王”的位子被切割成几块，数家争抢不断，每个王都说自己有资格直接和上帝沟通，再不需要“巫”做中介拉关系，“儒”一失业，“礼”的规矩就坏了。孔子有责任心，想把这套规矩在民间传下来，迫不得已私收弟子，当起了平民教师，才说出了“礼失而求诸野”这句心酸话。话里虽透着凄凉，心里却还想着有朝一日朝廷能金榜招贤，有机会重出江湖，当上帝王师。

转机发生在汉初，汉武帝喊出了一句“独尊儒术”的口号，透露出想召回儒生上朝问政的意思。今人琢磨着这回儒家铁定又能当上皇帝的老师了，大汉帝国的芸芸众生也顺水推舟全成了儒家的徒弟。其实这是个误解，汉武帝口头上独宠儒家，目的是安抚民心，缓解他们对秦朝苛酷统治的恐惧，并没有举国上下真拿儒生当老师的打算。到了唐代情况也没有多少改变，唐朝开国皇帝有胡人血统，尚武轻文，佞佛缘崇道家，优容各族多样文明，对儒家那套繁琐规矩更是不屑。黄巢起事据说在广州杀了十二万“胡人”，包括穆斯林、犹太人、祆教徒和基督徒，唯独难见儒生的影子，与后来农民军嗜杀读书人的做法大不相同，可见胡汉杂居中儒家未必能得到什么特殊的礼遇。邓子琴先生品藻唐末五代士人习气是“无父”“无君”“无夫妇”，一片欺师灭祖的气象，看样子即使是受过教育的人群也根本没把儒家教条放在眼里。

宋代军力薄弱，与北方蛮族对抗少有胜绩，难免产生自卑感。儒生痛心道德沦丧，野蛮与文明界线模糊难辨，想用“文治”的风光掩饰蛮族欺侮的尴尬，提振文化自信心，这正对宋初皇上的心思，民间儒者鼻子很灵，嗅到风向已变，纷纷抢着以“布衣”身份上殿，和皇上面对面谈心。最有名的例子是名相王安石与宋神宗来往密切，疑似成了好“基友”。宋儒当了皇帝的老师，按当时的说法就是要“格君心”，把皇帝训化成一个有道德感的人。只要皇帝肯当一回道德模范，民众才会趋行效仿，下一步才有可能“格民心”。宋儒的想法是，要想让儒学变成让人听得进去干得起来的硬道理，就必须使每个人都觉得生活中缺不了这东西，就像鱼儿离不开水，用当代话说“拼的就是人品”。“知识”一旦使人向“善”，在处理人际关系时得心应手，才会变得有用。所以中国人就是在反反复复“拼人品”的教育下长大的。邓子琴说北宋是“士气中心时代”，给出核心气质的评语是：“宽厚”“沉静”“淡泊”“好学”，恰与唐代嚣嚷蛮横的特性相反。晚清康有为搞变法，还在用同一路数，他的设计是先把光绪皇帝包装成一个“道德完人”，“格”了他的心，这皇帝版道德偶像登台亮相，必定光芒耀眼，吸引疯狂崇拜的人群，维新变法自然水到渠成。

没想到，清朝末年，中国人把这套圈内拼人品、德性比高低的伎俩用在洋人身上却完全失灵。你讲礼义廉耻温良恭俭让，人家不由分说直接用洋枪大炮把你一顿暴揍，再把浑身带血奄奄一息的你拖到谈判桌前问话。洋人的意思很明白，人品不重要，道德是虚幻，武斗规则讲的是拳拳到肉，谁能使蛮力把对方扳倒，才有资格发话讲理。这种“秀才遇上兵”的强霸姿态古时就有，区别是当年“秀才”一开始示弱，再后发制人，靠道德渗透的揉骨术迂回取胜，蛮族肌肉男块头再大，因姿态不雅也会自感地位卑下，拼的还是人品高低。以往宋朝对抗辽金，就如小民赶路遇到打劫的强人，强人虽耀武扬威，声势逼人，最终还不是觉得自己是野蛮人，面露羞惭模样，在儒家文明点化下乖乖就范。可惜西人不仅有舞刀弄杖的强横霸气，更有整套“奇技淫巧”的硬通货在后面撑腰，靠打粘柔的道德太极吞噬对方没一点胜算，反而被吸纳进去失了立地的根脚。这次不是拼人品，拼的是知识到底能有多少实用的技术含量，儒家的教训始则失位，中经妥协，最后是全面溃败，降服到底。

从“拼人品”转到“拼知识”是从科举崩溃开始的。科举第一场士子仍需靠背四书五经拿分，强化道德记忆永远是第一铁律不可动摇，不过后几场有论、表、诏诰和判语、策问等项，专考你若当官如何随机运用脑子里储备的实用知识，道德涵化与践行的目的一致，学校教化也围绕此目标配置。科举一废，学堂教育多追从西学知识而设，尤重政法理工，其中道德内容大多压缩到可以忽略不计，批量生产出的都是“理工男”和“政法官”，怪不得吴宓当年骂清华只生产满脑子投机的世俗小吏，缺乏大智大勇的学界政界精英。学堂老师的作用类似于复读机，传输的是硬性刻板的规条，没有人生经验的示范。“知识”与“道德”从此脱节，或正是中国文化真正变质的开始。

网罗知识的目的仅仅为了寻“客观”，求“真实”，古“道德”虽柔软圆滑，无奈一触碰这硬邦邦的道理支持不了多久就碎了一地。古人谈玄论道本来就是模糊的生命体验，却非要在“真”与“假”的两极辨个你死我活，二中取一。学问中最具灵性的部分一旦放在“客观”模子里锻造敲打，就如那张强盗的大床，把活人放在里面拉来抻去，等到肉身真和床具两头齐等，早已变成毫无生命体征的僵尸一具。最著名的例子就是胡适和铃木大拙吵架的那段公案了，在铃木大拙眼里，禅宗明明是不立文字的生命感悟，充满生意盎然的体验，在胡适眼里却如一堆冷冰冰的数据，是可以摆弄计算的客观学问。把禅宗塞入知识的牢笼无异于是对感觉能力的谋杀，胡适恰好做了凶手。近代以来，这类凶手在学堂学校中随处横行，他们一路“好为人师”下来，搞得校园内惨案连连，就如那守在大床边的狰狞大盗，正等着把学生一个个填进去无情宰杀。

日本作家三岛由纪夫在《不道德教育讲座》中曾经有一讲的题目是：“应当打从心底瞧不起老师吗？”这说法在咱们貌似尊师重教的环境里看上去足够骇人听闻，他却硬是讲出几分道理。三岛认为：“人生的道路该如何走下去，这问题应该由自己去面对。这个问题必须透过阅读、自我思考，才能想出答案。而这方面，老师几乎没传授过我什么。”如果把三岛置于中国古代的学校之中，他肯定不会提出类似的疑问，因为古学要求老师的职责即是“传道”与“授业”。“传道”貌似枯燥的道德说教，实则包含不少教师亲历的人生经验和生活技巧；“授业”才指实用的处世知识。近代以来，“道”的部分被贬斥到边缘，学生大脑汲取知识就如往人造乳房中灌注填充物，人美是美，却没什么生命的迹象，故才有三岛之叹。他的结论是：“有了这番体认以后，往后面对老师时，你大可在心里瞧不起他，只要尽量汲取他所传授的知识就够了。你要知道，不论小孩或大人都一样得耗费完全相同的气力来各自解决人生的难题。”这分明是在骂现代教师无资格自称人生导师，充其量只能充当知识传输带里的一个齿轮。

由此联想，古代的“好为人师”与现代“好为人师”的区别大概在于，古人“传道”与“授业”是一体，无法割裂。现代老师只传送知识，不关心“知识”背后的“道”是什么，这道理与自己的人生经验到底有何干系，或仅仅满足于这个“业”是专门化系统中的一个零件，只需要在松动时把它拧紧，学生脑子里到底在想什么，他的心灵需求为何完全不重要。

可怕的是，现今国人往往根据西方标准伪造出一套貌似放之四海而皆准的人生经验，然后执拗地把它灌输给自己的后代，试图垄断他们的个人选择和获取知识的途径。类似的现象如传染病般四处散播，几成精神瘟疫。在生活中，中国父母最容易集体着魔，相互传染，不但热心“逼婚”还疯狂“逼学”。最奇葩的例子是，中国有百万琴童整天在父母呵骂下苦逼地操练自己未必喜欢的这西洋玩意，家长脑子里似乎隐藏着一个集体魔念，他们会众口一词地说，“钢琴”就是培养贵族气质的工具。没有人问：培养贵族的这玩意为什么不是小提琴、中国古琴或者昆曲、京剧？弹琴不是内心自发滋养出的一种欲望和热情，而是为将来在某个聚会中偶尔自鸣得意小露一手的面子道具，到那时，仿佛不弹奏一曲就没办法在大趴聚会中显得体面有身份。

“好为人师”的心态如果在国家层面上持续发酵，就会发展成一种盲目的民族主义情绪。比如中日相互仇视已近百年，我们始终深陷在“好为日本人之师”的错觉里面。中国自古视日本为朝贡圈内臣服之国，遣唐使的故事一直被反复渲染摹写，好像日本文化不过是中国文化的仿制品，故国人面对日本总有一种当过“奶妈”的优势心态在作祟，觉得把你养这么大，不但不知孝顺报恩，反而恩将仇报打起你老妈来，这不是虐待老人吗？可日本人从未真把中国当文化母根看待，日人汲取文化纯取功利态度。由于自己在近代积极与西方靠拢，终于成功切断了和中国的文化联系，摆脱中国控制就像甩掉个拖累的包袱，是他们最引以为傲的事情，负担一卸，日本才真正脱胎换骨，从此具备了和中国争当东亚老大的资格。

自明治维新以来，日本从历史上多方寻找证据，苦苦寻求与西方社会的同构之处。比如其幕府藩封制度即与西方的封建制极其相似，而与中国的皇帝集权制大相径庭。于是日人越发自认与西方同源，“脱亚入欧”犹如触手可及的梦想。与之相应，中国积贫积弱，早被日人贬为落伍。日本学界有个“华夷变态”的说法，意思是说原来的“华”（中国）因为不给力逐渐堕落成了野蛮的支那人，本来属于“夷”的日本转眼变成了文明国，强弱角色发生如此惊人的对换，给日本带来了强大的自信心，面对中国这个大块头，过去的“岛夷”终于可以扬眉吐气了，这也是日本侵华所凭恃的最重要理由之一。由此渊源可知，日本人是不可能承认战争罪行的，认罪等于又一次服输，是一种甘当蛮夷的羞耻，日本好不容易才摆脱中国文化附加在身上的历史阴影，绝不能容忍这个心理优势再次发生逆转。可见，中日之间的较量必须放在国人“好为人师”以及日本如何摆脱中国文化奶妈心态这条脉络中才能看得清楚。

当然，中日冲突的背后操盘手仍是西方世界，他们时刻观察着中国和日本的进步是否符合近代化的标准，利用中国和日本历史上所发生的心理暗战，和日本争当东亚老大的心理，操控着双方相互打压对抗，个中款曲之处不得不察。

由此可知，国人“好为人师”在生活的细微之处多已形成习惯，在国际关系网络中也有表现，这类现象的发生与中国文化频繁向西方标准看齐的当代际遇密切相关。

知识分子大不同

金雁在《倒转红轮》中把俄国“知识分子”分成两种类型，一部分叫“军功贵族”，因俄国领土扩张，疆域过大，形成了超大型国家，需要大批武士守土卫国，军人地位自然较高。这些军人并非一帮莽夫鲁汉，也非屌丝文盲，他们自小就接受正规教育，平均识字率远高过平民，自然当得起“贵族”的称号。另一部分人出身下层僧侣，属平民知识分子，因长期受压，性格阴郁，脑后长着反骨，动不动就想造反。高尔基曾说他们是“命里注定要坐监牢、遭流放、受酷刑和上绞架的人”。

俄国第一批知识分子产生在退役军人当中，比如十二月党人就是由贵族精英组成的。俄国思想家中有一批出身服役家庭或本人就是服役贵族，“贵族”和“军人”是两个可以互换的名词，他们懒得在衙门里当差，认为是丢脸的事，所以成不了职业官僚。他们多崇洋媚外，母语俄语说得很差，却精通法语、德语和欧洲大陆诸国语言，把狂练法文书法当时髦技艺。这些特征正好可以和中国知识人做个比较，中国不存在准确意义上的“知识分子”，“士”虽然勉强可以和知识分子沾上点边，仍有冒牌的嫌疑。

最早的“士人”与军训分不开，孔子教书就有“射”和“御”的内容，他经常教学生骑马、射箭、驾车，大概是想培养出多面手，觉得这才像个贵族样。孔子从不教书呆子，儒家弟子中如子路纯粹就是个军人，不像人们想象中的儒生完全是一副弱不禁风的怂样。后来的军人基本出身草根，与贵族无缘，“士”也渐趋于文弱一途了。另有一部分“士”流窜到民间成了“侠客”，却被君王用“侠以武犯禁”的罪名反复追杀，成了东躲西藏的盲流，只有一些有钱的贵族如孟尝君喜欢收买这些人，把他们当宠物养起来。以后的中国士人因缺乏壮硕孔武的表现总是授人以柄。尤其是近代败给东邻日本后，国人受了更大刺激，文人懦弱无用变成了一块心病。日本的武士与文人也不是连体的，但武士长期属贵族阶层，地位不低，导致文人圈子里好武尚侠之风延绵不断。随手可举出的例子是三岛由纪夫。三岛是现代作家，只要读读他的小说《忧国》里对武士切腹自杀场面近于变态的迷恋刻画，就可感知三岛骨子里对武士气质的疯狂膜拜。三岛最后居然以武士剖腹的礼仪终结生命，更是印证了武士与文人之间密切的精神联系。

近代中国文人受日本人的感染，觉得国人老是挨打受气，归根结柢全是书生百无一用惹的祸，于是一个劲地高呼“尚武”救国，这想法也许不无道理。中国自唐代册封藩镇造成武人割据，北宋皇帝害怕武将造反皇位不稳，想出一个专用文人领军的馊主意，目标是构造出一个文武并流、合作无间的新局面。宋代武将中也偶有文采斐然者如岳武穆，写诗填词均是把好手。但宋人的思路显然不是要培养军功贵族，而是用文人监控武人，最终结果是武人与文人不断掐架，互不信任。宋人武力最弱，难敌辽金，渊源就在于此。

金雁还有一个观点，在俄国，无论贵族还是平民知识分子都喜欢搞神神秘秘的小团体，有一种唯灵论偏好。他们既有钱又有闲，热衷参加一个叫“共济会”的秘密组织，会员们都愿意花费精力办地下刊物，散发写满激进文字的手抄本，连带再搞搞翻译，这也是中国士人不具备的特点。俄国平民知识分子浑身长满暴力细胞，与他们出身下层僧侣有关，在社会地位上，僧侣比贵族的地位要低，他们同样有文化，却被迫封闭在孤独的小圈子里，难免心生怨恨。僧侣受的是禁欲主义教育，长期清规戒律下的隐遁苦修使他们多有享受罪恶感的自虐心态。这帮人经常无缘无故地忏悔，甚至不能原谅自己吃了太多的果酱和睡觉时间过长，俄罗斯知识分子身上都有浓厚的圣徒情结，他们经常动不动就被发配到边地待上十几二十年，回家后仍死不认错。在艰苦的流放生涯中，常年进行的自残训练使他们可以忍受身体的极限痛苦。“分裂派”领袖阿瓦库姆就被禁锢多年，坚不屈服，活活被烧死后立刻化身成坚守信仰的英雄偶像。换句话说，在俄国知识分子的准生证上，宗教信仰一栏是必填的项目，否则没资格说自己是知识分子，那么，中国又如何呢?

中国士人中没有军功贵族，也少有苦行僧侣，即使逃到山里躲起来当了和尚，他们的言行也没那么叛逆嚣张。“士”积攒功名不是靠打仗而是靠考试。家族中积年累月攒出点田产金钱，大约也够养着些闲人吟风弄月。有一种“士”的起源说法是，“士”一生下来就和俗人不同，他们嘴里衔着道德教化的金钥匙，不但能监管皇上的思想，自身修为也是无懈可击。到了大宋年间，更是貌似与君王平起平坐，共治天下，皇帝言行即使再龌龊不堪，士人心境也必澄澈如水。有个好听的赞语叫“士志于道”，这“道”疑似西人的宗教，却是既无教堂又无仪式，纯属藏在心里的一点灵明良知，好像只要沾了它的光泽，就能守身如玉，百毒不侵，不怕破了童子身。这说法的好处是人人都觉得能变成圣人，坏处是不免让人起疑是在搞精神自摸。

清末新政以后，科举考试崩溃，念书人纷纷转入学堂学起了西方科技和政法知识，大多数成了“理工男”或“政法男”，“士”阶层自渐渐消失。新学堂里少讲道德，多谈知识，如果哪个文人嘴边还老是挂着仁义礼智信那套陈词滥调，肯定会遭到嘲弄。现代理工男的优势在于满脑子塞满科技知识，缺点就是没了士人问道的习惯和勇气。按传统人文的标准，他们个个看上去像营养不良的畸形儿；只有个别文人还坚守当年的品味，他们唱京剧、品书画、尝美食，有一个描述此类名士风范的专有名词叫“民国范儿”，似乎只有这批人还有那么点资格维系当年士人的尊严和伦序。其实仔细观察，这批人身上遗留的并非民国独有的行事风格，不过是清王朝崩解后残留文化的回光返照，“民国范儿”不过是“大清范儿”而已。可是仍有人不甘心，觉得即便士人都变成了无魂落魄的僵尸，没准有朝一日也会吃粒还魂丹苏醒过来，变成气血丰盈的新人。这心思就像企盼妓女从良，抬手抹去青楼艳事沾上的脂粉，摇身一变宛然大家闺秀。针对此种病状，自明代以来，文坛中早已埋伏下各路杀手，专灭这帮痴情怀旧的翻案人，不妨称之为文坛“抹黑帮”。文人圈里的抹黑传统大概从吴敬梓写《儒林外史》的那个年代就已开始了，经过鲁迅、钱锺书、杨绛再到王朔不绝如缕。以写小说的居多，专爱“杀熟”。这也难怪，要抹黑就得往熟人身上下刀才能见血。上列名单中的小说家骨子里对周围文人一贯不屑，在他们的眼里，某些士人或知识分子都是行为猥琐、举止不端的庸人。别说难成文人榜样，就是比起普通百姓也要矮上三分。我们可以从《儒林外史》《围城》到《洗澡》《顽主》勾勒出一条清晰的抹黑线索。

《儒林外史》中既有以“代孔子说话”自居，拼命攫取财富的王德王仁，也有混迹各类权贵圈子骗吃骗喝浪得虚名的匡超人，还有矫情到逼女儿殉夫，用亲人性命赚取贞节称号的王玉辉，甚至连那几个隐居高士也不过是靠些诡诈伎俩自抬身价的江湖骗子，如杨执中和权勿用。再看《围城》里的方鸿渐、赵辛楣和李梅亭，哪个不是精打小算盘，机关算尽的俗人。杨绛显然受《围城》叙事风格的影响，她的小说《洗澡》中的男人几乎全是利欲熏心，举止乖戾。《洗澡》中的人物如余楠、许彦成和朱千里，除余楠是“土鳖”外，大多是学无所成的假“海龟”。杨绛对他们在上个世纪五十年代知识分子改造运动中的表现极尽嘲弄挖苦之能事，感觉这帮坏蛋即使没遭运动清洗也个个心理阴暗，每天都做着相互拆台的糗事，后来纷纷掉入整人与挨整的怪圈一点也不冤枉。《洗澡》中的不少场景铺陈怎么看怎么像是《围城》的续集。只不过《洗澡》更多着墨的是知识分子在政治运动中“脱裤子，割尾巴”的经历。按杨绛的说法，她看到一幅线装书的插图，上面许多衣冠楚楚的人拖着毛茸茸的长尾杂在人群里，大概肉眼看不见尾巴，所以旁人好像不知不觉，于是“我掇拾了惯见的嘴脸、皮毛、爪牙、须发，以至尾巴”描画一番，言外之意抓住的尽是些文人丑态。从某种意义上说，杨绛和钱锺书专揭文人短处，做人似乎不够厚道，甚或近于刻薄。但不厚道的抹黑也自有道理，也许比专做士人自古具有崇高无瑕品质的意淫大梦更显得可靠实在。

新中国建立以后，从民国过渡到新政权的知识分子一部分人参与政府事务，一度身居高位，另一部分人延续教书生涯或处于赋闲状态。《往事并不如烟》这本回忆录细致描述了这个阶层的人群在时代变迁中的不同命运。与《洗澡》的区别仅仅在于，章诒和本意是想突出那些被错划成右派的高级知识分子对民主信念的持守多么坚忍不拔，却一不留神描画出一幅中国文人官僚颓废慵懒百无聊赖的图像。我不想用覆巢之下岂有完卵之类的烂俗托辞为这些知识分子辩诬。大多数右派回忆这段历史时都要大发牢骚说，这是因为政府故意引蛇出洞才迫使他们节操碎了一地，却没有人追究这些知识分子为何对抗黑暗势力的能力竟如此孱弱。

书里披露出一段民盟常委浦熙修揭发老情人罗隆基的细节。浦熙修是罗隆基相处十年的情人，两人同属共产党高级统战对象。

在一次批斗会上，浦熙修居然用报复的口吻把罗氏对她说的悄悄话公之于世。她说有一次罗隆基看到她新买的红色胶鞋突然勃然大怒，自己不由联想到，当年蒋介石看曹禺话剧《蜕变》时瞥见红肚兜也曾大发脾气，罗隆基为什么如此怕见红色，不是证明他和蒋介石一样对共产党充满仇恨和恐惧吗？在大庭广众之下揭人隐私已属无耻，又进一步做出毫无根据的诛心推论，更属荒诞。两个情人之间互殴的闹剧就这样被赤条条搬演上台，勾引住台下多少旁观者幸灾乐祸的眼神，让他们心中暗喜。

更为可能的情况是，政治运动向相互揭发的方向有意引导，乃是充分利用了中国知识分子急于从政干政的心态，深知他们背后潜藏着与权势合谋的心理预期。知识分子对名利地位的渴求与攀附绝对是可以拉拢和操控的弱点。只要看看罗隆基和章伯钧在戴上右派帽子后的表现就清楚了。章伯钧因为早早听话做了自我批判，仍然有车有警卫有保姆给伺候得舒舒服服，罗隆基顽冥不化抵命相拼拒不认罪，最后成为高级右派里被攻下的最后一道防线，屈服之后的罗隆基自然被取消了所有高干待遇，免不了对章伯钧仍维持较高水准的生活萌生醋意，自嘲是“糖豆干部”，比不过章伯钧的“肉蛋干部”。

聚焦在章诒和记忆里的那些所谓“贵族往事”，表现的不过是一群失意文人在比拼生活待遇的高低和怅叹奢华往事的逝去。如书中津津乐道，“文革”期间，康有为之女康同璧在衣食起居方面仍如何如何摆出贵族架子穷讲究，再如就是炫耀三年困难时期老右派们仍能出入听鹂馆、新桥饭店和四川饭店享受精致美食。我们从中看不出这些知识分子有多少真正精神上的坚守和追求，反而好像是在混吃等死，无谓消耗着日渐萎缩的生命活力。中国知识分子为什么缺少俄罗斯人那种圣徒般的殉道精神，答案也就不言自明了。

当年日本何以不能征服中国？

近世以来，国人虽屡遭外敌羞辱，却始终对日本怨恨最深，仇视程度一定远高于西方诸国。原因大概是，除八年抗战无法抹平的创伤记忆，还有一层难以启齿的“奶妈心态”不时淤积在心，难以纾解。国人总是认为，雍容细腻的日本文化实乃吾泱泱大国所赐，熟悉日本的周作人曾自信满满地认定：“至于日本虽是外国，但其文化的基本与中国同一，所以无论远看近看，都没有多大惊异。因为这些缘由，我对于日本常感到故乡似的怀念，却比真正的故乡还要多有游行自在之趣”，就像他自己说的“多半是情人眼里的脸孔，把麻点也全看成笑靥”（《日本管窥》，参见《苦茶随笔》）。

近代国人几经西人蹂躏欺辱，挨揍早成习惯，遂渐渐麻木了那根痛感神经，只有甲午被日本击败，才大感天塌地陷朝野震惊，康梁受不了这刺激终于生出变法自强的念头。理由是，让西人如此翻来覆去地糟蹋失身，自己虽觉屈辱不服，无奈打不过人家，也就认了。怎么这个当年中华朝贡圈内的蕞尔小国也跟着起哄架秧子进来踩上一脚，这才是真正的奇耻大辱，此仇焉能不报？“奶妈情结”一旦苏醒过来，文人身心才格外感到疼。记得上个世纪八十年代，全盘西化论甚嚣尘上，就有人觉得香港在英国管理下秩序井然，香港人知法守法成了习惯，若英人能来大陆再殖民一百年岂不是更好？此话貌似荒谬，却是对西方文明艳羡膜拜的真情流露。有些人虽觉如此满脸谄媚地舔西人屁股有点过分，心里却未必真那么反感。可若是把英国换成日本，有人胆敢为日人统治说上几句好话，那就必成头号汉奸，人人得而诛之。要知道，太多国人一直摩拳擦掌叫嚣着要誓雪“文化奶妈”被辱之耻。与大陆比较，台湾同属中国却是个例外，原因是台湾在甲午战后纳入日本统治，日人在岛上较少杀戮，反而实施了不少现代化建设，不像中国大陆抗战八年，满眼望去，处处硝烟，万家残破，长期深陷在南京大屠杀的血腥记忆之中。

其实，两国交战，死人的事是经常发生的，时间绵延未必能冲淡战争带来的锥心之痛，却也不妨碍被征服者接受改朝换代的统治秩序。当年满人入关有扬州七日，嘉定三屠，江阴杀戮，据说仅扬州一城就杀掉了八十万汉人，此数字虽明显夸张，无法确考，可毕竟满人还是稳坐了汉人二百多年的江山，小老百姓只要能过上太平安稳的日子，没几个人能记住那遍地血污的杀人场景。尽管革命党人喜翻满人屠城的旧账，作为谋逆造反的谈资，好像也不足以构成逼使清朝皇帝退位的充分理由。表面上看，日人侵华完全可以把满人夺得汉人江山作为自己效法的榜样，而且日人还自忖比当年的满人更能贴切了解和汲取汉人文化的精髓，加上国力强大，再复制一番北方“蛮夷”入主大统的历史，似乎并非全无可能。也有人推测，日人侵华若非不满足于占领东北地界，继续向南推进，攻占南京后又把国民政府误判成南明弘光小朝廷，认定其奄奄一息不堪一击，日本大可放心重演明清鼎革易代的旧事，至少在关外能复制出一个清帝国的气象。

然而，八年持久苦战终于阻止了中国全境的陷落，国民政府不是骨髓朽坏的南明政权，南宋屈从于元人与南明屈从于满人统治的历史并未重演。那么，同为北来的“蛮夷”，日人何以无法再现清朝复兴的喜剧呢？答案当然不止一个，如果只谈外部原因，日本侵华绝不是一个孤立的事件，而是全球资本主义发展进程的组成部分。日本的侵略行动被紧紧绑在了西方各国的利益链条之上，必须要考虑国际间相互的平衡关系，不像满人只需收服中国境内各族人心即可创制大一统局面。日本之败固然与中国军民的抵死血拼有关，也是全球各种势力反复较量的结果。比如德国纳粹的失败直接导致北部军事平衡关系的瓦解，加速了中国东北地区日本武力的崩溃，这条外部因素显然是当年满人王朝所不具备的。当然，中日两国在政治、社会和文化方面的差异更加重要。这才是日本无法征服中国的一个主因，认识此点可能有助于我们克服自身已成顽疾的“奶妈心态”。

近读沟口雄三先生有关中国公私观差异的著作，印象较深的一点是日本的“公”中并没有“平等”的意思在里面，这与中国观念大为不同。因为寻求平等一直是中国变革的一大动力，无论是在动乱还是在和平时期均是如此。所以在中国古代的语汇中，“公”含有非常正面的意思，有“平分”的含义；“私”则正好与“公”相反，变成了邪恶的代名词。公平、公正与偏颇、奸邪、自私自利等负面的描述相对立，直至后来终于发展成“大公无私”的极端变态行为。

“公”是平分，造福于众，“私”是各谋己利的邪恶观念深深刻印在国人的骨子里。但如果据此认为中国人没有谋“私”的正当性欲望那就错了，只不过中国人常常故意假装抑制对“私”的渴求，必须把它包装成“公”的模样，去偷偷摸摸地徇私，中国日常生活中缺乏真正的隐私权，心灵为此常常扭曲。在日本，“私”却是可以堂而皇之地当作第一人称来使用的。

沟口在区分中日“公”的差别时，有一个很有趣的结论，他说中国人谈“公”总要跑到大老远的地方去寻找一个源头，比如最常见的办法是找到“天”这个缥缈遥远的词，硬说“公理”必须有“天”作依托，好像只有把“公”包装成“天理”心里才踏实。与中国人相比，日本人看上去有点傻，就会守住一个具体的符号比如“天皇”或近代“国家”，把他们当作“公”的代表，无条件地加以尊崇。中国人常常三心二意，认为皇帝如果体现“公”意就拥护它，违反“公”意就该推翻它。中国强调原理的“公”，日本遵循一个具体的“公”，两相比较，中国人头脑更显灵活，不像日本人那样认死理。

日本的武士和商人基本上都是世袭的，而且是长子继承制，财产不能分家，故而形成相当刻板严格的职业等级意识。中国人的家产不断遭到拆分，职业选择也是流动无常，飘忽不定，难以形成固定的职业操守。在中国，“公”是“私”人因素连带凝聚而成的东西，没有严格的界限，所以才会导致公私不分，相互掺杂难辨。

日本严格界定“公”“私”界限，所以他们肯定非常不适应中国人到处以“私”代“公”的模糊行为。比如中国人经常明目张胆地随意使用公车等公家财产，或者把孩子带到单位办公室里戏耍玩闹。日本人认为，把“私”事带入“公”有空间，或把公家的东西为己所用，是件羞耻和不道德的事情。

再拿与外国的关系来说，孙中山讲“天下为公”，好像全世界人民都应有平等共处的权利，民族主义也是从争取平等平权的角度出发提出来的口号。而日本思想家福泽谕吉眼中所谓的“公”纯粹是为日本国的自身利益着想，可以不惜代价损毁他国的利益，最后发展出狭隘的近代国家主义。

就国人对中日差异的观感而言，也有相似的议论，如周作人曾谈过两点日本人的特性，一是地理位置好，一是对君主的感情深厚绵长，前者不只是说地理环境本身优越，更指人民剽悍忠勇，从未让异族异姓染指过日本本土，相反却屡次出兵朝鲜、中国，胜多败少。这对国民心理的影响巨大，培养出刚健质直的性格，使日本人对自己国土的感情相当单纯真挚。不像中国从来都是异族征服的试验场，就像屡次失身的少女，肉身早已习惯了不同男人的侵入。中国历史上随着外夷人种不断渗透混溶，文化很难视为纯粹，民众就难免立场飘移，无法真正形成强大牢固的心理认同感，一遇外力入侵自然会表现出复杂异动的样态，甚至投降成了惯性。周作人就慨叹说，庚子联军入京时市民贴顺民标语还要算是难怪，九一八后关外成群成队的降卒都归顺了敌国，这是世间少见的事。外国只有做俘虏，后来还是要回本国的，这样入籍式的投降实在是被习惯性征服留下的历史余毒。

这话说起来挺沉重，有点像王朔当年发牢骚说抗战打了八年之久，就因为中国汉奸太多。不过话也可以反着听，也许正是因为中国较易接纳异族统治，文化兼容并包，流质易变，各类杂质混搭共存，纠葛不清，异人多有，各居其位，才使得健朴笨拙的日人一入中国就感彷徨无措，很难逃脱这张曲折有致，随意开合的文化之网的控制。说白了，日本文化就因为纯粹得全无杂质，所以经不起五毒俱全五味杂陈的中国文化反复清洗筛查，完全陷入水土不服的绝境。日人在中国虽屡行杀戮劣迹，占据广大国土，却难以真正从心灵与身体上控制中国。再加上外力的挤压推拉，想重演吾国南明弘光故事真如做南柯一梦，在心理上幼稚单纯的日本人自可在家门里妄称东亚老大自恋一番，若想复制满洲数百万人当年统治亿万汉人的帝国梦还是歇歇吧，按“三爷”座山雕的意思，就一句话：还是太嫩了点。

谁的东亚？

前几年，忽然听说有位韩国学者批评中国人眼里只有西方，没了东亚，倡导共同编织一个“东亚连带梦”。有些国人心里不免犯起了嘀咕，一是隐约想起了当年日本侵华曾大谈“东亚共荣圈”，触碰到了内心的伤痛记忆；二是觉得中国何曾亏待过周边的兄弟，可人家却把自己当成了没德性的黑社会大哥，好像总是无端欺负周边的小兄弟，真是天大的冤枉。的确，当年中国在东亚圈子里做过一阵老大，清朝的版图像个同心圆，除内地行省外，还分内藩、外藩和属国。在清朝的“天下”地图中，日本、朝鲜都和中国有朝贡关系，属于外藩之外的“远亲”。如果勉强说有什么东亚圈子，那就像是个松散的帮会，中国貌显威武，权充大哥，日本、朝鲜就是小兄弟，小兄弟偶尔向大哥递上个帖子示好，关系再疏远暧昧，也毕竟是有名分的。直到上个世纪晚期，到日本、韩国街上转转，满大街的汉字招牌虽远没到“书同文”的地步，毕竟也是帮内服从老大的证物。那时的中华文化即使号令不了天下，似乎惠泽周边的兄弟照样不在话下，如果脸皮再厚一点，直接说中国文化曾经当过日本朝鲜的“奶妈”，肯定也有不少人点头称是。

到了近代，世道变了，西人挑唆，兄弟反目，如果说儒教文化圈大致可以算作东亚母体的话，日本采取的却是“弑母”的办法，先不认中国这个“奶妈”，再谋权篡位想过过当老大的瘾。“杀母”程序要预先设计，先是放出话来，说无论从社会到文化，日本都和中国无缘，却怎么看怎么像是西方的种，这就好比一个人看上去从模样到器官生下来就是西方的坯子，和中国“大哥”比对DNA，一点不像一家人，只有分家这条路可走。当年日本就有一种说法，大意是中国已没资格夸耀自己文化优越，它从文明中心一路下滑到野蛮的境地，瞧它那副惨样，自己都觉丢人，就该被看不起。这个讲法还是模仿清朝当“老大”时订下的规矩，只不过把两者的位置颠倒了过来。和这类“谋反”言论相比，福泽谕吉的“脱亚论”才是致命的，他破罐破摔放出狠话，干脆把日本当作一个西方国家。在福泽谕吉眼中，日本自古就是天皇一系，武藩割据下，藩臣是贵族，武士能世袭，等级太分明，土地财产按分封传递下来，只能长子嫡子继承，像极了欧洲的贵族制，和西方的封建制度也貌似没什么两样。你再看中国，西周以后贵族体系土崩瓦解，财产均分，嫡子失位，平民贵族血缘混淆，家谱窜乱，哪一点有西方的影子？福泽说，我来重新搞一次亲子鉴定，非得把这错划的基因谱系给改过来不可！

日本在近代改革方面先于中国投奔西方，国人想用当年江湖老大的口气和日本说话，底气已明显不足，当年孙中山谈中日比较总觉得心虚气短。为了和日本套近乎，孙中山发明了一个“大亚细亚主义”的口号，希望在东亚建立“王道政治”，不要总是露出“霸道”的凶相吓人，自己既然已成西人眼里的东亚病夫，当然只能寄望日本出头扛旗，语气已经相当低调示弱，有点祈求先进带动后进的意思。上个世纪日本政治家石原莞尔提出“东亚联盟论”，也区别了“王道主义”和“霸道主义”，认为东方思想中蕴藏着丰富的“王道”思想，西方统治全是杀人放火，暴力横行。不过在他的心目中，只有日本的天皇才能体现王道的最高价值，也只有日本才能实现王道的美妙理想。他不回避区分“王道”“霸道”的构想明显来源于孙中山的“大亚洲主义”，却毫不犹豫地认为只有日本才能担负起实现王道的责任，中国是没有这个资格的，这才是新型东亚论的关键，其他卿卿我我腻腻歪歪的甜言蜜语都是幌子。

以后日本制定国策，表面附和“王道”主张，却在中日关系的处置上刻意效法西方历史，采取的是相当血腥的强霸策略。当时有个日本人写过一篇《新亚细亚主义》的文章，说西方当老大那是纯粹靠实力，不是靠什么别的东西，他假设亚细亚某一国，从文字看明显指的是中国，一旦受到欧美列强干涉，日本人应挺身而出，采取积极干预的姿态。这种言论真像帮会里为小兄弟出头打架时说出的流氓黑话，孵化出的只能是赤裸裸的军事征伐和殖民野心，最后标举出的“大东亚共荣圈”理论完全成了邻国的一场梦魇。

少数中国人倒是对此有所警觉，如李大钊就发现，日本的“东亚论”不是平和的主义，是侵略的主义，是吞并弱小民族的帝国主义，也是一种军国主义。李大钊说这番话的时间是一九一九年，五四运动营造出的舆论氛围富于激情浪漫，大钊先生还梦想着用中国老套的道德仁义去充当东亚各国相互搂抱亲嘴的黏合剂。可日本的行动早已证明，谁能用枪杆子顶着对手的脑门说话，谁就是老大，东亚圈子里根本不存在有话好好说的“王道”，只奉行黑道上打家劫舍的买卖关系。大钊先生就像入山遇到抢匪，和他讲秀才的道理，根本就像个书呆子。

和日本的蛮横相比，历史上的朝鲜和中国长期保持一种“事大”的低姿态。“事大”一词典出《论语》，意思是“以小事大”。明清改朝换代以后，朝鲜人一度觉得满人是关外鞑子，纯种蛮夷，没资格和他们谈礼仪讲文明，高傲地自称“小中华”，想和清朝在谁是中国文化正统上争个高低，只要看看韩国历史电视剧里的朝鲜宫廷，官服穿戴统统仍守着明朝的模样，好像死活也要为明朝守个贞节，脸面上非得臊一臊大清，衬出它的野蛮无道，这真是给满大人心里添堵，清廷虽感不爽还得对它客客气气安抚有加。

甲午以后，中国败于日本，清朝的形象更是一落千丈，朝鲜报纸曾经出现过一种叫作“贱之清”的言论，处处暴露清朝的懦弱、卑贱、愚昧、肮脏，毫无爱国心，被骂成“受人贱待而尚不自知，受人蔑视而不知愤恨”。有一份报纸把中国比喻成对朝鲜毫无帮助的“吸血虫”，不但抢走朝鲜人的工作和生意，使本来肮脏的街道变得更脏，还诱使朝鲜人吸食鸦片。清朝商人的形象也是卑鄙好色贪婪无耻，这在当时的朝鲜小说《土豆》中有鲜明生动的描写，其中中国商人老王就是这么一个角色，这是韩国学者白永瑞在《思想东亚》中举出的两个例子。由这些事例可以看出，在对待中国的态度上，朝鲜人和日本人的心理虽不一样，但在争当东亚江湖老大这点上却并没什么分歧。当年朝鲜人誓死捍卫明朝，以证明自身“小中华”的正统地位，可一旦发起飙来，在“去中国化”的道路上却比谁都走得远，好像朝夕之间就要一雪多年屈当小兄弟的耻辱，更加不顾一切地斩断和中国文化的关联脐带，不但首都“汉城”改称“首尔”，就因为有个“汉”字，觉得低人一等，自上个世纪八十年代发起扫灭汉字运动以后，在韩国大街上几乎看不到汉字的踪影，而且所有媒体招牌上残留的汉字也被清除得干干净净，这与日本满大街汉语充斥的情形形成了鲜明的对照。

我们发现，现在再谈什么“东亚连带”，早已失去了往年凝成的共识，所有的评判都不是原有“文化”意义上的讨论，而是在现代民族国家的疆界框架内进行的考量，比如前几年中韩之间发生的高句丽遗址申遗的争论，就不是在过去东亚文化连带的情境下发生的，而是为了争夺文化控制权，根本上是国家利益的冲突。之所以如此，就是因为韩国人的目光完全朝向了西方，基本上是以西方民族主义的标准来鉴别过去的历史遗留问题。

自近代以来，无论是韩国还是日本都在积极摆脱中国的道路上越走越远。所以说眼中只有西方没了东亚，恰恰是中、日、韩各国所拥有的共同视野。说白了，谁学西方学得像，谁就暂时坐稳了东亚老大的位子，当年就是因为日本学习西方学得快学得好，自然被尊为师傅。中国同样是以西方为师，却因学艺不精，失去了东亚老大的位置，只单说中国眼里没有东亚邻国的位置的确冤枉。因为根源在于，如果日本人和韩国人不摘掉中国文化这枚金箍，他们就无法真正洒脱地模仿西方，也无法建立起自己国家和民族的自信力。大家都忙于“去中国化”，并以清洗掉中国痕迹为荣，或干脆以此作为判断进步的标准，这才是东亚连带意识消失的关键原因。

中国人怕出海吗？

明朝末年，从西土远航来的传教士初入中国，发现江南水网密布，河道纵横，人们出远门需搭乘各类船只，只有近处才用马车和轿子代步。由此得出一个印象：中国人只会在江湖河道里慢悠悠穿梭，却很怕出海远航，就是住在海边也觉得没有安全感。利玛窦惊诧地发现，倭寇凭两三只船就能随处登岸攻击城镇肆意烧杀，就是利用了国人怕海的心理。海路运输既迅捷又节省，国人却极度害怕海盗打劫破财，宁可循规蹈矩龟守在内地风平浪静的河道中运输货物。利玛窦对大运河上来往苏州和北京的豪华客船印象深刻，说里面镶嵌着花格，涂饰着金粉，主舱室有罗马学院的礼堂那般大。国人的出行习惯大可归结为爱淡水不爱海水。这样一路推演下去很容易得出一个令人沮丧的结论，中国就是个古老陈旧的“内陆帝国”，难以和西土新鲜昂扬的“海洋帝国”分庭抗礼，“水”把文化区分成了“近代”和“古代”。

尽管如此，“中国人到底怕不怕海”这个话题仍不时遭到质疑，其中一个例子就是郑和下西洋的故事。据日本学者上田信考证，永乐帝朱棣周边的宦官不但相貌威武体格健壮，而且相当“国际化”，由死囚、多民族俘虏和从外国作为礼品进贡的奴隶充任，一般称为“火者”。郑和出身穆斯林，体貌像混血型男，加上英武善战，足智多谋，和清末宫廷中猥琐不堪的变态阉人完全两样。永乐帝给人热爱海洋的印象，要不怎么这般热心三番五次地派郑和出海巡游呢。不过，与西洋人把脚下的海洋当作长途交易的大舞台不同，郑和的出海与现代贸易无关。有些民族主义自大狂为拔高郑和形象，居然会瞎编出中国人率先发现美洲大陆的奇葩故事，目的无外乎是想给国人上一出免费的心理意淫课。

郑和的船队付出的多，回收的少，遵行的不是正常贸易规则，他只做赔本的买卖，不做赚钱的生意。何以如此违反常理呢？永乐帝送多取少挣的是面子，和贸易之间的等价交换不是一回事。今人可能会说面子值多少钱呀，这不是傻瓜才干的事吗？可是在朱棣的眼里，面子无法用贸易价值折算出来，赚取邻邦对大明帝国威权的服从才是最终目的。郑和在海外周游了一圈，载回了狮子、金钱豹和长颈鹿，足够开个动物园了，今人会问这些动物再加上那些进贡的珍宝算起来远不如郑和送出的礼物值钱，带回来又有啥用？如果郑和还活着他肯定会说：这些动物代表的是当地主人对大明国的臣服。

永乐帝的“国际化”风格源自明朝开国皇帝朱元璋的乡土观。朱元璋要饭出身，发迹前在江淮荒芜的土地上到处漂泊流浪，满眼都是赤贫遍地游民蜂起，他也曾混迹其中造反举旗，他的梦想是建造一个背朝大海扎根内陆的帝国。基本招数就是抑制银本位，用义塾培训宗族，靠里甲控制税收。在贸易上明初完全采纳现货交易，对内不收取税金，直接通过“户制”征用劳力和产品，这就要求把人口严格锁定在单位土地中进行控制。明朝的“里甲制”就是把人口按一户户登录起来，派甲长负责征用劳役和交纳粮食等实物，民众负担分徭役和赋役两种，前者指付出劳力，后者指交纳粮食和布匹，直接以实物形式入库。

对外贸易活动也是物与物的交换，更多是用礼仪慑服人心，在这个前提下做点赔本买卖是值得的。郑和出海缉捕华人海盗，敦促东南亚、西亚政权效忠大明，宣示明皇威仪，以高于进贡物品数十倍价值的礼物回赠各国，这类违反现代经济学原理的贸易出超行为，猛看起来着实令人费解，仔细一想不过是农民思维的再现。因为赏赐给外国的礼品都是里甲户交付的钱粮徭役转化而成，不具有任何经济价值。相反，如果能得到邻国效忠臣服，倒是一种超值的无形回报。户制纳税和朝贡贸易互为表里，都是让现代经济学教授们大跌眼镜的行为。

以物换物的赔本买卖到十六世纪以后逐渐难以支撑下去，明朝的经济肌体循环中逐渐出现了“白银中毒”症状。“白银中毒”缘自于户籍制的崩解。朱元璋设计的“里甲制”是一种连带的责任制，要求以十户为单位，几家绑在一起共同承担赋税义务，一户死绝，负担就会转嫁到其他户主身上。这种强制规范初期可能有效，但随着赋税数额增加，民众开始不堪重负。明朝的纳税不是耕田后把粮食交到库里就完事，相当一批农户还得负责把税粮运到指定地点。明朝对西北蒙古和东北满洲长期用兵，办法是遍设卫所守备边防，这些卫所里的人世世代代都是“军户”，粮食主要靠内地供应，所以农民的一项主要劳役就是向卫所运送粮食，大运河边的农民则是负责从水路输送漕粮。长途跋涉的艰辛极易累积众怒，激起民变，引动逃亡风潮。如何监控民众防止逃役向来是君王无解的难题。当年陈胜吴广也是把无法按时抵达服役地点当作造反的理由，陈胜宣称，不按指定时间到位是死，造反也是死，于是造反成了抽签撞大运的赌博。重压下的民众个个都像玩命赌徒，劳役越重，冒险赌命的几率越高，这迫使明朝不得不考虑“均役”，即分担劳力的问题。其中一个办法是交纳白银抵充长途输运的责任，然后由政府再雇当地人服役。

同时，在官仓粮食储备积压过多无法运出的情况下，不如干脆折成银两抵交。王朝在税粮之外征集的那些奇珍异宝方外之物因无法划一征收标准，也纳入了折银换算的轨道。明中叶以后，各种赋税用白银折算，目的是把原来用实物交纳和身体承担的各类税粮征派收束成一种标准化的定额，有利于管控。白银作为统一的流通中介，实际上扮演的是统一计量标准的角色。税粮劳役折银处理后，白银的流通量迅速增加，商品经济开始活跃起来。

折换银两交纳税粮和替代劳役都需要大量银子，那么，从哪里搞到这些银子便成了问题。中国境内白银主要靠云南和广西的少数银矿供应，后来银矿开采扩展到缅甸和安南地区，但基本状况是供不应求。十六世纪以后，日本开始用白银换取中国的生丝，尽管明朝明令禁海出航，白银依靠走私还是源源不断地流入中国。

十八世纪以后，日本禁止向中国输出白银，白银供应商的角色逐渐由英国等欧美国家取代，他们把船只停泊在广州海口附近，采购生丝茶叶和瓷器，继续输入从拉美倒腾来的大量白银。十八世纪下半叶拉美白银也开始北上输入长江中下游地区。从此以后，中国货币市场几乎百分之百地依赖海外进口的白银。东亚贸易地图从此发生改变，中国人对海洋的观感从恐惧陌生开始向依赖与倾慕转化。上个世纪八十年代那部著名的纪录片《河觞》，标题就预示出内陆河流代表黄色文明，与代表海洋的西方蓝色文明完全不在一个档次上，是国人向往迷恋的对象，这种“海洋狂躁症”的源起时间大致可以追溯到清朝白银输入的时刻。

白银的广泛流通不但改变了东亚贸易圈的格局，还深刻地重置了政府与个人的责任连带关系。既然一切赋役需用白银交纳，官府就没必要再依靠里甲深入乡村面对面征税，户籍制度随之解体。原来属于里甲控制的农户可以自动去县里交纳银两，只要纳税人向县衙设置的特制木箱中投进用纸包好的白银就算完事，这叫“自封投柜”，不需要甲长里长一级作为中介层层催逼，基层里甲制度从此失效，官府与编户之间沟通靠的是县衙门里的胥吏，县一级政府职能作用明显加强。

近些年我们总在讨论所谓“皇权不下县”的问题，好像县以下就没官府的人在管了，完全是个自由自在的世界，这多少受到费孝通先生“双轨制”思路的影响。但如果从白银折纳的角度观察，县一级行政势力的渗透实际上得到了加强而非遭到削弱。所以，“皇权不下县”的命题大有修正的必要。纳银付税发展到一条鞭法，就是完全以县为单位，用白银价格把税粮徭役合起来计算，分别摊到县里所有的丁口与各类赋税之中一并征收，其后果就是白银变成了县官与丁口之间的流通中介。这一改革使征税职能从里长转移到县官，县官必须直接向国家负责，从此变得压力山大。

税粮赋役折银交纳带来的不仅仅是国家与个人关系的变化，也带来了区域性流通方式的变革，海洋的作用变得更加重要。原来明太祖希望用以物换物的方式维系小农思维下的礼仪秩序，限制商品流通的规模，到十六世纪这个背朝大海面向内地的浪漫设计由于白银的侵蚀逐渐变质。

那么，当整个帝国都深陷白银中毒时，政府去哪儿了？白银在大陆恣肆横行，并不受政府管束，即使政府想管也好像摸不着门道。白银流动太过随意，是因为政府没把白银入口流通当回事，形不成管制的理念，只能放任自流，明清两代都是如此。台湾学者林满红说清朝缺乏货币自主权是很准确的描述。国家管不了，钱庄就成了白银聚宝盆，商人除用白银付税外，也在钱庄换成制钱，在国内收购茶叶、生丝、瓷器等出口商品，白银进出就落入了私人控制的轨道。这样一来事情就变得有点奇怪，一方面，政府征税统一用银，一竿子插到底好像都是县太爷说了算，可是白银又四处乱窜，不受约束，政府对此却无可奈何。后来打起了鸦片战争，鸦片输入防堵不住，导致白银倒流出口，还是因为政府在白银刚刚入超时就不知道怎么调控，才弄得白银高速泄流出去，自己照样一筹莫展。

白银从海上来，清廷不屑或不能调控，倒反而证明大清“闭关锁国”的说法是不准确的，此时国人对海洋上飘过来的这个白色怪物早已没那么恐惧。不过，这并不能证明中国的开放完全是西洋故事的翻版。早有人注意到，如果把中国比作一个活生生的肌体，总体上看它还是具有内敛型的人格。对内好斗残忍，对外腼腆矜持，军事上好打防御牌。西洋人是靠铁血杀戮到处犯混强抢地盘才发迹的，中国人没有在海外好勇斗狠疯狂殖民的热情，即使侨民遍布海外也只有平和侨居的意愿。

近些的例子是，中国志愿军为帮助朝鲜打跑美帝付出百万伤亡代价，却没有驻扎一兵一卒，致使现在的朝鲜政权妄自尊大，公然抹杀中国军人主导战局的光荣历史，我们却干瞪眼无可奈何。当年抗美援越同样代价巨大，中国却仍没有军事占领越南的意图，不像美军四处安插军事基地专门操控他国政治。没有海外驻军的野心，说明中国不缺地盘，缺的还是冒险拓殖的基因，就像一个人天生性格内向，是骨子里遗传下来的东西，想改也改不了。所以，近期有人说中国发展还是要走西进路线，这是因为不但从战略意义上说东出海洋的余地不大，而且中国疆域观主要还是受传统内向思维的限制，尽管开辟新丝路的国策设计有出海这一条，拟准备在东南亚、西亚、北非顺着郑和航海沿线国家合作设置港口带。然而如果遵循明清以来的历史经验，西进战略似乎更符合中国传统的疆域拓展气质。

“中华民族”是个啥？

延边给我印象最深的不是天池的秀色，满大街的烤肉飘香，而是街上用朝鲜文书写的店铺招牌总是那么金光亮眼，硕大招摇，汉文店名一般都缩小一号挂在朝鲜文下面，一路沿街望去，才感觉真的进入朝鲜族地界了。来到延边大学交流，发现这里的老师大多是朝鲜族出身，早知朝鲜族同志豪爽好饮，白天除了正襟危坐研讨学术，晚上免不了有些私下放纵的交谈。不久一位管科研的干部来访，这小哥普通话说得标准纯正，完全看不出朝鲜族人的模样。喝到酒酣耳热，我挑起了一个敏感话题，试探问了一句：你到底把自己当朝鲜人还是中国人？小哥眼睛喝得有点红，他说实话告诉你，我把自己当作一个“中国公民”，但我不喜欢“中华民族”这个称呼。我颇感意外，急问这是何故？他解释说，中国是个大国，做大国公民比作一个国土狭小国家的国民感觉要好，但“中华民族”这个说法有歧视少数民族的色彩，骨子里还是你们汉人说了算，我们表面不便反对，心里还是不服。

这段酒后真言让我感到吃惊，又觉有点匪夷所思，原来在一个非汉人朋友眼里，做一个“中国公民”和做一个“中华民族”成员竟然不是一回事！近代以来，知识分子一直鼓吹要把“个人”从家庭中剥离出来，训练成一个合法“国民”。在中国，意识到自己是一个国家“公民”，完全是一种本能反应，就像每天要刷牙洗脸一样，根本无须提醒。可是人们很少想过，共同生活在一个“国家”之内的各民族，还面临一层文化身份如何安置的问题。“中华民族”概念的提出，更多的是从汉人知识分子的角度出发，希望倚靠国家力量凝聚各民族的认同感。

据说“中华民族”这个词是梁任公先生发明的，当年任公觉得大清子民全都只顾家，不顾“国”，希望各民族都能在国家名义下讨个好生活，当个好“国民”，没想到事情不是那么简单，建立现代“国家”无疑是一句响亮的政治动员口号，各民族地位如何均衡安置却是一个让人伤透脑筋的难题。因为“国家”和“民族”这两个词的意思是拧着劲的，把它们硬绑在一起就像埋下一颗定时炸弹，以后不断为此爆发争执。尤其在抗战时期，日寇大兵压境，日本人打着鼓励民族自觉的旗号，极力挑动中国境内各民族摆脱中央的统治，实现各自独立。这迫使中国学者对非汉人民族自觉意识的动向格外敏感，谁要是胆敢提出各民族是否拥有自立的权利就跟谁急眉瞪眼。

最激烈的争吵发生在一封傅斯年给顾颉刚的信被公开之后，傅氏在信中写道，我们以后要尽量避免使用“边疆”“民族”这类名词，要尽力发挥“中华民族是一个”的大义，证明夷汉是一家，就像咱们这辈，北方人谁敢保证没有胡人血统，南方人谁敢保证没有百粤苗黎血统？顾颉刚接信后率先鼓掌赞同，他立刻在《益世报·边疆周刊》上写了一篇《中华民族是一个》的文章大发议论："凡是中国人都是中华民族——在中华民族之内我们绝不该再析出什么民族"，并说从今以后大家要留神使用"民族"二字，强调"我们对内没有什么民族之分，对外只有一个中华民族"。

读到这段话，我们大致可以清楚延边大学的朝鲜族朋友到底担心什么了，因为"中华民族是一个"背后的潜台词就是，在大敌当前的时刻，非汉人民族如何自处不应在考虑范围之内，必须无条件服从"抗战"这个最迫切的政治目标。顾颉刚担心，如果承认各民族存在着自身的文化特性，岂不是要引发民族自决和独立的狂潮，一不留神就让那些对中国领土垂涎欲滴的帝国主义殖民分子钻了空子。

当时正在云南做少数民族田野调查的学者费孝通与顾颉刚的想法恰好相反，他认为中国是包含多民族的国家，在文化、语言和体质上分歧较大，尽管存在混合情况，但这种混合不一定要用政治统一做借口，应该更多地站在非汉人民族的立场上考虑他们自身的处境和要求，这样做并不妨碍全国统一的大局。现在看来，费孝通的意见在学术上并无可议之处，在抗战大局下却明显属于"政治不正确"的言论，招致傅斯年一通声色俱厉的痛批，他甚至上纲上线，暗示费孝通有充当"汉奸"的嫌疑，如下面一段口诛笔伐的措辞似已越过了学术批评的底线："未统一时，梦想一统；既一统时，庆幸一统；一统受迫害时，便表示无限的愤慨。文人如此，老百姓亦复如此。居心不如此者，便是社会上之捣乱分子，视之为败类，名之曰寇贼，有力则正之以典刑，无力则加之以消极的抵抗。”这可是极为严重的诛心之论，傅斯年认定费孝通受老师吴文藻的唆使，痛骂此辈包藏祸心，拾取“帝国主义在殖民地发达之科学”的牙慧，受西人蛊惑，想在此扬名出头。他写信向上峰告状，逼使吴文藻丢掉了云南大学的工作，傅斯年对同僚如此赶尽杀绝的做法，明显是借政治之名干预正常的学术讨论。

冷静想来，两边吵架共同指向一个问题，到底什么是“中华民族”？在历史上，“中华民族”概念的形成经历了一个漫长的过程，到民国初年仍是个难以确定的概念。因为要明了“中华民族”是何意，就必须清楚它的疆域到底有多大，民族有几何，即使到了晚清革命阶段，这还是笔糊涂账！为了反满，革命党人心里的“中国”原来只有明朝地界那么大，蒙古、西藏和新疆都被割舍掉了，这个中国地图似乎只是汉人心目中的天下，被革命党咒骂的“反动分子”立宪派倒是建议满汉蒙藏回五族合一，才有点各民族团结的雏形模样。“中华民族”就在这虚虚实实的不同想象中被慢慢构造出来。

这场争论的主角顾颉刚发明了“古史辨”，间接证明“中华民族”的历史具有虚构色彩。顾颉刚一直受“五四”打倒孔家店思潮的影响，专挑史书造伪的毛病，觉得上古历史全属伪托，三皇五帝尽是编造出的假人，就像子虚乌有的人头马面。最著名的考证就是大禹是条虫子。然而有学者考证说，远在四川西藏边缘的羌族却早把大禹奉为祖先，还虚构说他拯救过汉人。羌人的另一个祖先周仓是个愚笨之人，老受汉人欺负。另一个戏曲人物“女汉子”樊梨花却哭着喊着要嫁给汉人，这些交织错杂的故事传说，没一个能证明是真实的，展示的却是羌人与汉人交往的一段历史记忆。所以纸面上对祖先的记载未必是真，但对共同记忆的传承却体现出历史延续的真实过程。我们大可不必总是迂腐地纠缠于某个人物或某段历史到底是真是假，而应去认真考究某段历史到底在自己身上发挥了什么作用。各民族的历史往往就反复缠绕在各种实与虚之间，相互重叠借鉴，各自彰显着魅力。

很难想象，所有的祖先故事都源起于真人真事，各民族聚居在一起大致取决于两个动机，一是自尊心，二是利益驱动。有时，利益比自尊心更具诱惑力。台湾学者王明珂就提到羌族中有“一截骂一截”的现象。在一些华夏边缘地区，到底谁是“汉人”谁是“非汉人”本来就模糊不清。清末民初，四川北川羌人（就是二〇〇八年发生大地震的地界）认为自己是从湖广移来的汉人，他们通过祭祀大禹攀附汉人祖先，把上游村寨的人群都鄙视成“蛮子”，与此同时，这些辱骂上游“蛮子”的所谓“汉人”群落，同样被下游城镇的人当成“蛮子”咒骂，形成了“一截骂一截”的传统风习。羌人相互谩骂显然是想攀附汉人文化确立自身优越感。在这里，自尊心起着关键的作用，民族的历史也被尽量书写成了与汉人相关的历史。

如果换个时代情况就会完全不一样，当年搞民族识别运动，羌族被辨认出来还挺费劲，大家好像都不愿意把自己划归到野蛮落后的非汉人种族。改革开放以后，羌人开始意识到自己的非汉人身份能获取更多的利益，例如高考比汉人考生能多加分或优先得到各种物质配给，在政府公职、观光开发建设项目经费、生育指标与子女就学机会等方面都有特殊优惠政策，他们又会自动要求回归辨识出来的民族身份。在新的政策导向下，“少数民族”与“传统文化”这类标签霎时变成了聚宝盆和保护伞，可以成功地规避风险。在现实利益驱动下，人们开始纷纷编造出自己民族的祖先传承故事，用来证明自古就和汉人大有区别，包括饮食、舞蹈、宗教和服装等民俗都被重新打造出来。那些更现代的城镇与较落后的村寨相比貌似具有更强烈的民族身份认同感，因为他们常常直接面对学生入学比例名额分配这类敏感问题，身处少数民族资源争夺战的最前线。

在这种情况下，民族自尊心往往要让位给利益的追求与配置，有点令人尴尬的是，对民族身份感的确认恰恰需要通过汉语表达和书写才能实现。这个过程密集发生在明清时期，那时的汉人把边缘民族看作“野人”，这些族人为了摆脱野蛮形象不断模仿汉人文化。上个世纪五十年代民族识别完成之后，各民族对自己的文化价值仍然缺少自信，不得不请受过汉语训练的本族知识分子出来代言，因为只有这些知识分子才了解如何按照国家的意愿区分各民族的边界，进而有效识别自己的身份。同时，这些本族知识分子还需要知道，在承担着恢复民族自尊，振兴自身文化的责任时，如何把本民族的需要与国家的宏大意愿有效联系起来。说白了，这套平衡术是个很劳累的技术活儿，不是人人都能干得了的。

要玩好这套平衡术并不容易，少数族群打着复兴传统文化的招牌，的确有利于强化民族自尊心，只不过荒蛮落后的过去总像一道挥之不去的阴影，不时投射到他们的日常生活之中，造成心理压抑和自卑感，这也是他们对汉人价值观的有意模仿所致。比如汉人自己不穿民族服装，却喜欢看到少数民族穿着鲜艳的服饰载歌载舞，他们希望少数族群的风俗习惯与自己区别越大越好，最好变成两个物种才觉心甘，以满足君临野人之上的优越感，这绝对是观赏野蛮遗留物的阴暗心理在起作用。一些受过汉化教育的羌族知识分子并不愿意穿着民族服饰见人，却又为村寨中那些坚持身着羌族服装的人群感到自豪，觉得他们保留了本民族的传统风韵。在羌族村寨中，男人也已不屑穿戴民族服装，却愿意看到妇女满身披挂着古老的衣饰走来走去，由此感到一种视觉上的满足，村寨女性好像应该理所当然地承担文化传承的任务。这无疑折射出男人才有资格在外面闯荡见世面，女人只能在家当活文物的扭曲心态。

近几年不时出现争夺名人出生地的新闻，据说李白到底是韩国人还是哈萨克斯坦人已在被煞有其事地讨论着，唯独和他的中国故里四川绵阳没什么关系。还有传说日语和羌语发音相近，一些日本人有意跑到北川羌人那里认祖归宗，有人还无聊到证明日人与苗族、景颇、纳西等族都能攀扯上亲戚关系，这倒是让国人平添了一份自尊心，原来小日本祖宗不过是些四川“蛮夷”之流出身，其实羌人心里真正想的却是什么时候能和日本人直接做上生意。这类奇葩新闻几乎每天充斥报纸网络，早已见怪不怪，说明的都是同一个道理，历史无论是真实还是虚构，背后都有特定文化和利益关系做支撑，历史真正有趣的地方不一定在于它是否真实，也许如何辨析什么人出于什么动机讲述这段历史才更加重要。如果有些历史写手吹牛说自己写出的历史真实得要命，你可千万不要相信。

附录

反常识的历史叙事

——重审中国史研究的若干命题

我上一次来南京大学还是三十年前读研究生的时候，在南大老校区待了一个月，那是在寒冷的冬季，我觉得南大的氛围非常好，有历史文化的气息。今天我将和在场的老师同学交流一些历史研究方面的心得。大家看了标题觉得有些诧异，好像我在卖什么关子，故意要讲一套另类的历史观。也许大家会问，所谓“常识”是支撑我们日常言行的一些知识与行为准则，好好守护这些不可或缺的东西尚且不及，为什么还要反对它呢？凤凰卫视主持人梁文道先生曾写过一本书叫作《常识》，他写这本书的初衷恰恰是批评国人平常忙忙碌碌，很多时候却没有遵循文明社会公认的规则，这就是缺乏常识的表现。梁先生是从伦理和行为逻辑入手剖析国人思维的阙失，我是反其道而行之，觉得国人恰恰不知不觉陷入一些错误的历史常识之中。我的基本观点是，这些历史常识本身应当是被质疑的，却一直支配着我们的思想和行动，没有人怀疑，或者有困惑而不自觉。如何反省这一现象，正是今天想和大家交流的内容。所以我演讲的副标题是“重审中国史研究的若干命题”。

我首先举两个例子：

例一，大家都认为中国人自古以来就生活在由宗族组成的大家庭中，宗族讲究的是集体行为逻辑而非个人行为逻辑，所以它是压抑个性的。五四以来，反宗族、反族权最终成为革命的一个主题。但实际上，中国普通老百姓被允许聚族而居是从宋代以后开始的，宋代以前只有皇帝和贵族有权力组成大族，普通乡村百姓根本没资格这样做，也就不存在后来所说的宗族。所以，五四的命题非常奇怪，好像我们反对的是一套自古形成的历史知识，其实不然。反宗法、反族权已经成为我们的固有常识，这些常识需要质疑，至少我们要清楚，民间宗法制的形成并没有那么漫长的历史，而是唐宋转型以后的结果。

例二，“封建”一词在没有被更准确地定义之前，却被无节制地滥用。我们要是说谁“太封建”，那意思是他太古板保守，历史事实却是，中国自秦朝以后早已没有封建制度，郡县制取代了过去的分封制，民众都是某个王朝的编户齐民。问题是，无论“封建”是否已经消失，至今“反封建”仍作为一个我们几乎能脱口而出的关键词在被滥用着，岂不是一个令人奇怪的现象？这说明，类似“封建”之类的说法已经和旧的“封建”概念完全脱离了关系，演变成了一种叫“新常识”的东西，这种“新常识”和历史真实无关，却在现实生活中支配着我们对历史的认识。那么，我们是依靠哪些“新常识”活在当下呢？

首先，我们总是习惯“进化论”的无处不在。历史永远像直线一样向前奔流，我们不打算停下来看一看。有人认为“历”和“史”联系在一起是一个近代才有的概念，“历史”连在一起用，就变成了一个新词，成为一个强调时间流程的概念。其实除此之外，“历史”还应该有一个空间扩张与伸缩的过程，但“空间的历史”在“时间的历史”压抑下消失了，或者说成了“时间”的奴隶，这就是因为我们习惯用向前走不回头的方式看待任何事情的变化。在西方，决定时间不断往前走的力量就是物质增长的能力，教科书中的表述叫“生产力”，它可以决定政治、社会、文化的走向，我称之为“连带一体论”。从现实就是合理的角度看，“连带一体论”不是没有道理，西方地盘不大，全是一个个小国割据一方，但它的艺术表现却以大尺度为荣，如果你去欧洲看卢浮宫等博物馆，到处都是巨大的雕塑、绘画，有的尺寸之大可以占据几面墙，让你觉得自己非常渺小，西方的文化压迫我们不仅仅是源于对物质本身的敏感，还依赖它们背后的“大尺寸”逻辑，西方疆域地盘虽小物质能量却大，以“小”博“大”是西方本身的一个重要特质。从西方回来，我有点“尺寸决定论”的感觉，中国疆域广大，文化却以小见长，处处给人细微窄小的印象，虽不时有大尺度的山水画出现，但艺术主流还是用缓慢的节奏去把玩小尺度的对象，当然小不一定就差，正如一股脑向前奔的历史观不一定就合理是一样的道理。我们以前的历史观被误解成向后看的循环论，如“黄金三代论”“文质之辩”等，与大尺度的进化论相比显得保守落伍、动作太慢，一步三回头，老是觉得过去比现在好。

其次，我们看历史，总是习惯把很多现象政治化，给它们戴上从西方裁缝店里借来的帽子，比如把历史过程武断地描述成封建的、专制的、保守的，没有人理睬私人对历史有血有肉的描写和判断。因此，真正的私人写史在中国无法生存。古代的“五种生产形态”，近代的“三大高潮，八大运动”都是给历史扣上的政治帽子，没人问这顶帽子的尺寸到底合不合适。

第三，我们总是习惯生活在“五四”启蒙的阴影里。比如前面提到对宗族起源的误解，“五四”以后对宗族、家庭的描述有一个从温暖到黑暗的变化，“宗族”在“五四”的叙述里变为一个完全负面的东西，《家》《雷雨》等文学作品都含有大量对宗族迫害的隐喻描写。考试与用人制度也从高效变成了腐恶。最突出的例子是《儒林外史》中的范进中举，科举常常把人逼疯是今人创造的历史想象。加上儒教没落，打倒孔家店成了时髦口号，士绅阶层最终走向溃灭。“五四”后来扮演两种不同的角色——马克思主义激进青年培养基和自由主义文艺青年起源地。最后自由主义被打败了，我们从此不可能从一种个人视角去观察历史，而是必须戴上集体主义和激进主义的有色眼镜，旧常识与新常识无法兼容，非激进即保守，非光明即黑暗。

第四，我们总是习惯从城市—乡村的二元对立观察近代中国的变化。最初的乡村在文人眼里是美好的，是隐居的休憩地。近代以来，介于城市和乡村间的“镇”很具文化特色（如周庄、乌镇被重新发掘，它们只是当年千百个镇的代表），之后乡村逐渐衰败，成为城市的对立面，有宜居特色的镇也逐渐消失，城市变成追逐繁华梦的地点，农民形象趋于负面。不久，这个城乡二元对立的新常识又被另一股“反常识”潮流替代。因为乡村为中国共产主义革命提供了人员和动力，“五四”以来对乡村的负面评价又一次遭到彻底逆转。我在《读书》杂志上写了一篇文章《上海亭子间文人之病》，讲萧军在延安的境遇，上海这些大城市来的文人本来是农民的启蒙者，却反过来成为工农阶级改造的对象。毛泽东的乡村论、城市论与五四知识青年的观点完全不同。毛有一个重要的看法，那就是“上海来的青年不要把乡村看成黑暗一片，乡村是未来的中国生活、革命、理想的萌生地，你们要向工农学习”。萧军追求的是介于乡村和城市间的一种个体自由游走状态，他拒绝接受毛式的改造，最后成为一个近乎右派的角色，彻底在历史舞台上消失。我们的历史观总是把城市—乡村对立起来，然后在这两极之间不断摇摆，没有看到两者界限的模糊恰恰是近代欧洲革命的出发点和结果。

我刚刚举了几个例子，简单介绍了一下我们到底在依靠哪些新常识活在当下，我想和大家交流的第二个方面的问题是，我们面对这些新常识的时候应该采取怎样的态度？新常识产生的根源是什么？我把它归结为“逆现代化现象”的产生与历史叙事的“去政治化”与“再政治化”，下面为大家一一做些解释。

首先我们要问：什么叫“逆现代化现象”？刚刚我提到，“连带一体论”认为，只要物质生活变化了，肚子喂饱了，政治、社会、文化自然紧随着发生好的转变，这是一种直线进化的逻辑。这种逻辑在改革开放初几乎人人都信，却在上个世纪九十年代以后遭到致命打击。按照西方理论，现代化过程本应像推土机一样，一路疯狂碾压过去，在它的巨轮下，一切旧事物被彻底粉碎实属理所应当。人们越富裕，那些过去支配生活的旧常识就被消灭得越彻底。但实际情况恰恰相反，在中国南方一些富庶地区，现代化程度越高，宗族复兴运动和求神拜庙现象就恢复得越厉害，旧常识重新获得人们青睐的可能性就越大，经济的突飞猛进恰好与传统的逆向回流并肩而行，这就是我说的“逆现代化效应”。

其次，与之相呼应，学术界产生了一种“文化中心主义”的逆反潮流，如“文化热”“国学热”“孔子热”等。这说明“逆现代化现象”出现后大家找不到解决问题的答案，所以想回头再看看传统有什么用，借此摆脱经济发展决定论的模式。令人遗憾的是，旧常识对新常识发起反冲击后还是找不到一个新支点，因为两者的关系不能抽象讨论，必须有强大的制度和历史分析作支撑。在当代学界，新儒家们每年都要开会，争论儒学到底是个啥，争来争去大多说的是些四六不着调的闲话，没几个人说到点子上。有人不怀好意，说国学热的副产品就是琢磨出了一种叫“开会儒学”的东西，除了有闲心开会，根本没打算解决中国问题。话是损了点，却也不能说没有道理。中国的保守主义者为了给自己挣面子，老说西方充其量是个贫血的巨人，只有坚船利炮没有人文精神，好像人家就是单靠财大气粗犯浑打架就能吃遍天下，骨子里根本没资格和国人谈什么文化，讲什么人文精神，好像这东西纯粹是中国的专利发明。口气俨然当年宋朝人打了败仗还不忘捎上辽金是番邦野人这句骂人话。

第三，“文化中心主义”的兴起涉及了儒学复兴的问题，一个途径是认为儒学与日常生活紧密相关，孔子化身为一个普通人，是每个人身边的孔子。到底什么是“生孔子”“死孔子”“真孔子”“假孔子”？同样涉及旧常识与新常识之间的纠缠对抗。比如李零先生解读《论语》中“君子周而不比，小人比而不周”这句话时举了个例子，“比”是拉拉扯扯，“周”是和衷共济。北京人、东北人和上海人、江浙人比，好像比较豪放。前者喜欢说，后者斤斤计较，什么都事儿事儿的，特别矫情，特别孙子。但这种豪放，有时很可怕。他说，咱俩谁和谁呀，一下就豪放到你的钱包上了。这个路子就是把孔子放在普通人的生活脉络中，看看他到底能给我们提供什么智慧。

第四，只有把儒学看作是社会治理技术，解释才有穿透力。儒学是对调理社会有用的技术，不是娘娘腔式的没用说教。从这个角度看，如果只把儒学放在进化论的时间脉络中估算它的价值，那儒学真是没什么用，可是如果把它复原到历史空间中去检验它就会有意义，因为儒学在疆域广大的中国可以用软性的道德控制节约治理成本。

第五，“儒家社会主义”“儒家宪政主义”等等说法现在很时髦，我对此不予评论，因为把儒学与现代西方政治哲学生拉硬扯在一起的人是想当帝王师，想把儒学再政治化，儒学的思想绝不可能是现代意义上的宪政和民主，两者之间不能直接画等号。

第六，“儒家民族主义”在当代的复苏和中国历史上发生的族群冲突既有差别也有联系，儒学最早讨论民族问题依靠的是华夷之辨，强调“非我族类，其心必异”。到了现在，儒学成为对抗西方张扬自身文化优势的资源，西方是远来的“夷”，我们接受了“夷”的逻辑和制度，但又在自卑与自信中不断摇摆徘徊。关于儒学有很多旧常识，也发明了许多新常识，一些新儒家喜欢从政治的角度，用民族主义的语言去解释儒学是什么，最后形成了一套“三十年河东、三十年河西”之类的自说自话，纯属自摸意淫，根本没人信。以上简单揭示的是新常识产生的一些当代根源。

接下来的问题是，我们如何建立起“反常识”的历史观呢?

需要特别警惕的是，一些表面看上去反常识的观点却常常不自觉地掉入最俗套的新常识陷阱，比如美国中国学界正流行一个观点叫作“早期近代论”，大体意思是说，你们不是说中国古代是封闭落后的，完全没有近代因素吗?我还真不信这个邪，我偏要找出一些疑似的证据给你看。不能否认，他们都是一些好心的学者，拼命较着一股劲，想证明中国不比西方差，但好心也可能办坏事，我总是怀疑，这真的是一种有效的反常识办法吗?也许效果刚好相反，这类研究恰恰容易重新把我们引入西方中心论的圈套，甚至不知不觉地成了合伙人。我的问题是，我们为何偏要在中国过去的历史中寻找类似西方近代化的因子呢，这种思路对我来说并不是真正意义上的反常识举动。接下来我想尝试着与大家简单探讨一下什么才是我心目中的反常识叙事。

我的看法是，谈反“进化论”，不是说要事事都拧着干，非要彻底把进化论打趴下不可，事实上也做不到。我们只是想在这个巨无霸叙事的笼罩之外，看看能不能找到其他较为合理的历史观作为补充。这里可以举个例子略加讨论，中国古代经典中常常会出现“文”和“质”这对概念，如果要建立起非进化论的历史观，可以从重审文质之辩入手，“文”与“质”的互动是中国古代历史观的精髓，《论语》中说“质胜文则野，文胜质则史，文质彬彬，然后君子”，“质”是指事物都有内在的本质，这种本质朴实无华；“文”是外在的修饰，赏心悦目；“野”是粗陋鄙俗；“史”是精巧、文雅。“质”太多了，“文”的部分就显得粗糙，“文”太多了压过了“质”，就会显得太精巧奢靡。文质相须而用，文太多、质太多都不宜，最好把两者结合起来。历史也是在“文质”的相互消长过程中才能前进，这不是循环论，恰恰是一个螺旋上升的理论，大家千万不要低估古代人的智慧。

还有一种说法，道德是“质”，礼乐是“文”，文和质相辅而行，道德太多流于刻板，礼乐太多流于奢靡，必须时时有所损益。中国社会治理靠的是礼法结合，秦朝用周礼被批过于繁琐，汉代改为黄老之治，文质和道德、礼乐之间是非常复杂的辩证关系。

文质论和学风变化密切相关，明清易代后，清代皇帝和学者都认为明代学问空疏，空疏的表现就是过“文”，治学华而不实，必须向实学（质）的方面转变。清代考据之学与明季心学的关系不仅仅是思想理路的差异，还涉及士人的气质、性格，以及相关制度、礼乐的复杂转变。

此外，用阶级论梳理历史变化显得非常呆板，不适合中国，中国讲究流品、品度与伦际，不是一种高低、贵贱等简单的等级划分，其中有人文品位和伦理关系作依托。

钱穆先生就曾指出，西方社会有阶级，无流品，中国社会则有流品，无阶级。表面上看中国人阶层秩序分明，其实当中有很微妙的清浊之分，雅俗之辨。唱戏、种田和读书人同样是职业，行业与行业之间以及行业内部却有流品的差别。流品中体现出的文化韵味很难翻译成西语。流品观念在科举制度中也有反映，比如士子身份有“清流”“浊流”之分，进士及第是“清流”，秀才举人则变成“浊流”，沉淀于社会底层，但都发挥着贯穿上下教化功能的作用。在舆论界，也有人根据对时事的看法将一些士子归类为清流党的传统，对人品与政治观点的评鉴依据的也是流品观念，直至晚清也是如此。在十九世纪晚清宫廷官场政治中，甚至以是否反对洋务为清流浊流之分，表现出在舆论中进行流品划分的趋向。

要想建立起具有中国本土色彩的历史观，就不能把儒学仅仅理解为中国哲学史意义上的概念体系，现在儒学多谈“理”“气”“仁”“道”是什么，但儒学的本质不在于谈玄，也不在于审美，而是一套节省制度成本的系统，所以儒学不应该为旧制度的终结负全部责任。从节约制度成本的角度看，唐宋以后的统治面临两个选择：“以吏为师”还是“以儒为师”，换句话说是采取“制度主义”的办法还是“道德主义”的办法，结果道德主义更能节省制度成本，于是脱颖而出成为中国统治的基本手段。大家读黄仁宇先生的著作，他的一个著名命题是数目字管理，他认为道德主义要不得，我们要通过西方式的制度进行程序控制，但果真如此，人岂不是变成了行尸走肉？如果人没有道德作为支撑点，他不过是机器中的零件。反道德论想完全推翻儒学在节省制度成本方面的贡献，是没有什么说服力的，否则的话中国就不能成为中国了，也成为不了纯粹的西方。

儒学节省制度成本的经验具体表现在，儒家讲“无讼”，讲协商，尽量少进衙门，就是因为诉讼的成本太高。审判过程不是依靠西方形式法的程序，而是“情”“理”“法”的结合，对刑事案件规定处理细节，对民事案件则完全按照人情世故加以裁断。大清律例中“律”和“例”为何要分开，“律”是规定好的法律程序，“例”是对律的灵活补充，面对某个个案在具体情境下如何处理，遵循因时而变的原则，这也是中国法律的重要特点。我们总是用西方法律标准来指斥中国没有民法，但中国的民法都包含在对“例”本身的自由选择之中，这就是“情”“理”“法”的精髓所在，未必违背法律的真精神。道德主义虽然被认为是应该摈弃的旧常识，在这点上却不应完全否定。节约制度成本的思想前提是人性本善，恶习可以通过修炼劝诫变成善习（尽管这点很难做到）。宋明理学那些布衣儒者入朝先格“君心”，再格“民心”，儒学地域化变成了一种“地方性知识”，这是我二十多年前提出的命题，这与汉代儒家鼓吹学者精英化走的是完全不同的路子。

节约制度成本的社会前提是祭祖的民间化，地方宗族的产生与宗族组织权的下移有关，宋儒经此渠道把儒学价值观渗入基层社会。宋以前普通民众不能祭五代以上的祖先，朱熹认为应该让老百姓有资格祭祖，儒学通过宗族组织渗透到民间，节约制度成本的社会前提才能形成。人人拜祖使敬宗收族变得容易，民众自发学习用道德规范约束自己，这是宋儒的贡献。节约成本有官方督促、民间监控、个人觉悟等途径，乾隆皇帝曾发谕旨讲教养观，老百姓生活变好的同时，道德与思想觉悟也应提高，这是官员必须承担的责任，于是从教养入手要求经济扶持与道德训练双轨并行。节约成本的机构有乡约、宗族家族、社学、书院、社仓、义仓等，这方面有大量的研究著作，我就不仔细展开讲了。

要建立起中国自己的当代历史观，还必须拥有反制度论的意识，新常识一贯假设科举制以八股文为中心选拔人才，是个戕害人性的制度，这是极大的误解。我这几年常常为科举制辩护。我认为，科举制不仅仅是单纯的考试，还是教育制度、身份分配制度、地区代议制度的结合。大家如果有兴趣去看一些科举考试的试卷，就会发现它的厉害之处。科举共有五场，第一场是四书五经题解和试帖诗，这是一般说的八股文的范围，我们以前认为这是科举制的全部，其实还有论、表、诏诰、判和策等考试内容，诏诰是模仿皇帝的谕旨写出的文章，判是给出几个实际案子考考你如何处理。我曾经看到一道题大意是说，用保甲制度应付人口稠密的地区没有问题，但山区人口分散保甲实施困难，要求考生给出解决方案。类似这样的题目在科举试卷中非常多，比如如何治水，如何解决救灾和仓储问题等都是常被问到的题目，对这些问题的解答，难度要明显高于如今的高考试题，与我们想象中的科举制完全不一样。

最后想和大家交流的是如何看待“自治论”。在社会史研究中，有一种说法叫“皇权不下县”，现在几乎成为一个不可置疑的常识，它果真是一种历史的真实吗？大家可能读过费孝通先生的《乡土中国》和《乡土重建》，我们都很熟悉费先生的双轨制理论，那就是王朝统治在县级以上是行政当家，在县级以下是乡民自治状态，乡土自治论流行了至少三十年。学界为此分成两派：一种看法认为太平天国运动以后地方自治能力大大加强，导致清朝的垮台和革命的兴起，美国的孔飞力、魏斐德，日本的重田德、森正夫、岸本美绪、沟口雄三等教授都认为清朝有一个自治能力很强的地方社会。另一种观点恰恰相反，认为晚清同治中兴导致国家力量大大加强，洋务运动之后中央政府的经济实力借助现代化的推进迅速增长，向地方渗透的行政能力日益增强，自治秩序也随之彻底崩溃，遂有中国共产主义革命的发生，最著名的就是杜赞奇的观点。但是国家力量到底在什么意义上加强了，地方到底能自治到什么样的程度，大家始终争论不休，我个人比较倾向第二种观点。明代里甲制的实行比较系统，但在一条鞭法实施后趋于崩溃，民众交税用自封投柜法交纳白银，无须从事实际劳役，银子转化为可交易的东西，国家通过银子去购买雇工。在这个过程中，收税权从里长甲长等乡绅逐步收归县官胥吏之手，这是国家重新控制地方的最重要转折。同时也说明无限夸大地方自治的作用是有偏差的，这对费孝通先生的双轨制等新常识构成了挑战。

我的结论是：新常识与旧常识在不断冲突互动过程中有可能实现相互转化，反常识不是要构成非此即彼的二元对立，也不是单纯想要对抗以往的历史观，摆出一副不屑的叛逆姿态。反常识中的“反”是对应的意思，即对已构成我们生活常识的那部分历史观提出商榷和修正，想办法克服一种刻板僵化的认识，激活一些鲜灵的思想。既然是对应，不是对抗，那么，反常识的历史观也许在不久的将来也可能会变成一种僵化的常识，受到批判和摒弃，这正是我期许的，历史学之所以丰富和有趣恰恰是在不断相互替代的过程中不断进步。在人文领域里，任何有益的观点都应该是并行不悖的，不存在最终的权威。

我在巴黎蓬皮杜艺术中心杜尚专展里曾经读到一句话，这句话对我的启发非常大，杜尚说："'品味'无所谓好与坏，因为对一些人是'好'的，对另外一些人却是'坏'的，最关键的本质是，它总是一种'品味'。"我以此勉励自己，也希望大家有勇气去探索一种被误认为不合理、不合主流的异端观点，因为它总是一种品味，这是现代艺术探索的真谛，也不妨移为历史研究的镜鉴。

我的演讲完了，谢谢大家！